# Amanda y los detectives

Joachim Friedrich

Traducción de María Teresa Marcos Bermejo

ediciones sm

Dirección editorial: María Jesús Gil Iglesias
Colección coordinada por Marinella Terzi
Traducción del alemán: María Teresa Marcos Bermejo
Imagen de cubierta: Julio Sánchez
Diseño de la colección: Alfonso Ruano y Pablo Núñez

Título original: *Amanda und die Detektive*


Comercializa: CESMA, SA - Aguacate, 43 - 28044 Madrid

ISBN: 84-348-7810-0
Depósito legal: M-11439-2001
Preimpresión: Grafilia, SL
Impreso en España / *Printed in Spain*
Imprenta SM - Joaquín Turina, 39 - 28044 Madrid

*Para Janine*

# 1

*E*L INSPECTOR SCHIMANSKI apenas se había descuidado un instante. El secuestrador de la hermosa mujer había aprovechado ese instante para acercarse sigilosamente a Schimmi y derribarlo por detrás con una estaca. Dando un brinco, se metió en el coche y se alejó de allí con un chirrido de neumáticos.

Pero el gángster no había caído en la cuenta de que Schimanski era un profesional duro como el acero. Tenía el rostro contraído por el dolor y la sangre escurría por el cuello de su sucia chaqueta, pero hizo acopio de todas sus fuerzas y volvió a incorporarse. Sabía que le quedaba poco tiempo para salvarle la vida a la mujer. La tenían encerrada muy cerca, en un edificio ruinoso del desierto polígono industrial. Estaba atada de pies y manos, sentada en una silla, bajo la cual se oía el tictac de una bomba de relojería.

Shimanski se dirigió hacia el lugar dando traspiés. La sangre y el sudor le impedían ver; aun así, siguió luchando por avanzar paso a paso. Un par de metros más y lo conseguiría. Pero ¿le daría tiempo? ¿Lograría Schimanski liberar a la mujer, antes de que estallase la bomba?

De pronto un penetrante grito irrumpió en el escenario del deprimente barrio industrial:

—¡Papá, se te va a enfriar la manzanilla!

Yo llevaba ya un rato parada en la puerta del cuarto de estar, observando cómo mi padre se entretenía con su afición preferida. Siempre me pregunto cómo puede alguien ponerse tan temprano a ver los vídeos del inspector Schimanski. No sé cuántas veces los habrá visto ya. Seguro que se los sabe de memoria. Seguramente cree que puede aprender de ellos. Pero aunque él mismo es inspector, y nos llamamos Kaminski, está claro que nunca va a parecerse a su modelo ideal.

Papá se levantó de su sillón con un suspiro, apretó el botón rojo del mando a distancia y tanto Schimmi, bañado en sangre, como la hermosa mujer, con la bomba bajo el trasero, desaparecieron tras la negra pantalla.

Papá se volvió hacia mí.

—¿Ya es tan tarde, cariño?

Yo sacudí la cabeza.

—Aún tenemos tiempo, pero me gustaría desayunar contigo. No quisiera salir corriendo a coger el autobús con un panecillo en la mano ya el primer día de clase.

Papá se dio un manotazo en la frente.

—¡El primer día de clase! ¡Se han terminado las vacaciones!

—¡Papá, papá! Si sigues así, acabarás olvidando cómo te llamas o te irás al trabajo en calzoncillos.

Papá me dio un beso en la mejilla.

—Para eso te tengo a ti. Ya te ocupas tú del chiflado de tu padre.

—Me encantaría —dije, y le serví la manzanilla—, pero ya se han terminado las vacaciones y tengo que volver a la escuela. Si no conseguimos enseguida una asistenta, pronto no comeremos más que comida enlatada y ya no quedará ni un plato limpio en el armario.

Papá echó una ojeada a la cocina. Aquello no tenía mejor aspecto que el resto de las habitaciones. Yo me esforzaba por mantener al menos un poco de orden, pero no acababa de funcionar.

—Yo tampoco creía que fuese tan difícil —opinó papá, mientras removía su *muesli*—. Ya llevamos puestos tres anuncios, pero no aparece la adecuada.

—Un par de ellas me gustaban, pero eran demasiado caras.

—O no querían trabajar todo el día —añadió papá.

—O simplemente eran bobas —añadí yo.

—Les preguntaré a mis compañeros —dijo papá, algo después—. Quizá alguno de ellos conozca a alguien que nos convenga.

—¿Ya te has adaptado al ambiente? —pregunté.

Papá dejó caer la cuchara dentro de su *muesli* y me miró con sus ojos tristones, consciente de su culpabilidad. Yo no quería poner a papá de mal humor, pero tenía miedo de que tuviéramos que mudarnos de nuevo.

Además, aquí me encontraba muy a gusto, aunque aún no había conocido a nadie de mi edad. Pero ya estaba habituada a ello. Me parece recordar que nos hemos mudado al menos tres veces. El motivo siempre ha sido el mismo: a papá lo cambiaban de destino. Antes yo pensaba que eso era habitual en la policía. Pero ahora sabía, por los comentarios de sus colegas y por las mismas explicaciones de mi padre —a pesar de que nunca se había producido una amonestación formal—, que él no era de los mejores en el trabajo. Por eso, pasado cierto tiempo, siempre se lo quitaban de encima.

—La verdad es que esta vez no me va tan mal —dijo papá, porque sabía exactamente lo que me preocupaba—. ¡Si no estuviese Pauer!

—¿Ese Pauer es tu jefe?

—No, es un compañero. Mi jefe se llama Beinlein, inspector Beinlein.

—¡Entonces no tiene por qué decirte nada! —exclamé.

Papá sacudió la cabeza y suspiró levemente.

—Es cierto, pero le encanta demostrarme que no espera gran cosa de mí.

—¿Y qué hay de esa mujer de nombre tan raro, de la que me has hablado alguna vez?

—Te refieres a Lily Lassalle —contestó papá—. Es muy simpática. La conozco de mi anterior destino. Estuvimos trabajando juntos una temporada, cuando acababa de salir de la Academia de Policía. Pero ella no me puede ayudar demasiado. No es más que una simple agente.

—Creo que tenemos que marcharnos —dije, y me apresuré a guardar mi almuerzo—. ¿Me puedes llevar hasta la parada del autobús?

—¿Qué has guardado ahí? —preguntó él, en lugar de contestar a mi pregunta.

Me dio rabia no haber preparado la cartera mientras él miraba el vídeo de su querido Schimanski.

—¿Qué va a ser? ¡Ositos de goma!

—¡Ricarda! ¡Cuántas veces te he dicho que te lleves algo decente a clase!

—Y yo ya te he explicado varias veces que necesito ositos de goma cuando me pongo nerviosa. ¡Y ahora estoy nerviosa! Entonces... ¿me llevas a la parada?

—Voy a llevarte directamente a la escuela —suspiró papá.

—No, prefiero tomar el autobús. Así puedo echarle una ojeada a la gente de mi escuela.

Papá me miró divertido.

—¿Te refieres a la gente en general o a chicos en particular?

No hice ningún comentario, me fui al armario, me puse la chaqueta y la gorra.

Papá me miró e hizo una mueca.

—¿Tienes que llevar siempre ese ridículo gorro, Ricarda?

—Primero, no es un gorro ridículo, sino una gorra, papá. Una gorra de béisbol, para ser exactos.

—Sí, puede ser —dijo él algo más relajado—. Pero tú no juegas al béisbol. ¡Y, encima, ese color!

—¿Qué tienes en contra? Le va bien a mi pelo.

—Pero si es rojo chillón.

—Por eso. Lo mismo que mi pelo.

—Pero si apenas se ve, de tanto que te lo has cortado.

—Yo lo encuentro bien —me limité a contestar.

—Si a ti te lo parece —dijo papá, dándose por vencido.

Hasta hace dos años yo también seguía la moda al pie de la letra, como todos los demás. Si se llevaban pantalones ajustados, los míos eran los más ajustados; si los pantalones eran anchos, yo hubiese cabido tres veces dentro de los míos. Fuera cual fuese la marca que hubiese que lucir en una camiseta, una chaqueta o en los zapatos, yo era una de las primeras que aparecían con ella en la escuela. Pero después me di cuenta de que era inútil: mi pelo colorado, las aproximadamente dos o tres millones de pecas de mi cara y el hecho de ser baja como un enano y delgada como un espárrago, daban al traste con todo.

Desde que me percaté de ello, solo visto la ropa que me gusta. Y, curiosamente, siempre está en absoluta contradicción con lo más «in». Las únicas prendas que no me quito de encima son mi gorra roja y mi raída cazadora de cuero, de motorista, que pillé en una tienda de segunda mano por veinte marcos. Cuando se es bajita y delgada, se tiene un pelo rojo como el fuego y se anda por ahí con una imagen fuera de las normas establecidas, no se hacen precisamente muchos amigos. Y yo albergaba pocas esperanzas de que fuera a ser distinto en la nueva escuela.

Cuando entré en la escuela, estuve paseándome un rato por el patio. Papá y yo ya habíamos estado aquí antes de las vacaciones para matricularme. Aunque no había visto a la gente de mi nueva clase, me fijé bien en qué aula me tocaba. No me apetecía estar dando vueltas toda la mañana buscando la clase, tal y como me había sucedido en la última escuela. Poco a poco iba adquiriendo experiencia. A pesar de ello, había terminado ya con media ración de ositos de goma cuando el autobús llegó a la última parada.

En el patio los alumnos formaban pequeños corros y estaban charlando sobre sus vacaciones. Yo también habría podido narrar algunas experiencias interesantes. Por ejemplo, cuántos periódicos viejos se necesitan para embalar un juego de café.

En cuanto tocaron el timbre, todos los alumnos se

dirigieron a sus clases. Andaban medio frustrados, pero también esperanzados ante el nuevo curso. Me mezclé con ellos, sin mirar alrededor. Sentía sus miradas por todo mi cuerpo. Me detuve delante de mi clase y esperé. Me quedé observando, uno a uno, a todo el que penetraba en el aula, en la que tendría que pasar la mayor parte del próximo año. Comprobé que no se diferenciaban demasiado de la gente de mi antigua escuela. Sea como fuese, todos parecían iguales. Quizá se debiera a la ropa.

Solo una chica me llamó la atención. Era enorme, al menos en comparación conmigo. Me parecía como si fuese el doble de alta que yo, y el doble de ancha. Pero lo más llamativo era su vestimenta: una falda estampada de flores hasta la rodilla, calcetines altos y una blusa blanca. Me gustó en cuanto la vi.

En lo que a mí se refiere, las reacciones de mis nuevos compañeros fueron variadas. Algunos ni se fijaron en mí, otros se limitaban a mirarme con curiosidad, aunque también estaban los que se apresuraron a hacer sus chistecitos.

—¡Hola, Pumuckel! —me gritó un tipo con los dientes torcidos y orejas de soplillo.

—¡Hola, Dumbo! —le contesté yo.

Poco a poco se fue acabando la riada de escolares y entré en la clase. Como era de esperar, quedaba un banco vacío, en la última fila por desgracia. No hubo ni una sola cabeza que no se volviese, mientras me dirigía a mi nuevo asiento. Por fin lo había conseguido. Pero las miradas se clavaron en mí.

—Hola —dije yo, tratando de sonreír—. Soy la nueva.

De repente, todos se dieron la vuelta, cuchicheando y riéndose disimuladamente. ¡Hatajo de memos!

Solo la chica de la falda de flores seguía mirándome. Estaba sentada unas filas más adelante. Pero no me observaba con esa mezcla de curiosidad y sarcasmo de los demás. Simplemente, yo parecía interesarle.

La llegada del profesor me liberó del interés general, aunque solo por unos instantes. Si no me equivoco, se llamaba Leimer.

—¡Ah, ahí está la nueva! —exclamó satisfecho en cuanto me vio, lo cual desencadenó una carcajada dirigida a ambos. Nuestro profesor recibió las carcajadas, que por supuesto no entendía, limitándose a sacudir la cabeza, fastidiado, y me rogó que me aproximase a él.

¡Encima! La verdad es que no me faltó de nada. Otra vez acompañaron mi paseo los giros de cabezas.

—Esta es Ricarda Kaminski —dijo nuestro profesor, presentándome—. Desde hoy estará en nuestra clase. Espero que le dispenséis una bienvenida como es debido.

—Hola —dije de nuevo, y me pregunté en qué estaría pensando nuestro profesor.

Mis nuevos compañeros asintieron muy formales. Algunos incluso se molestaron en decir «Hola». La chica de la falda floreada ni se inmutó. Solo me miraba interesada. Hubiera dado lo que fuese por saber en qué estaba pensando.

—Ricarda se ha mudado a nuestra ciudad con su padre —prosiguió el señor Leimer—. Él tiene una profesión muy interesante. ¡Adivinadlo!

¡Oh no! ¡Eso también, no!

—¡Fabricante de cerillas! —exclamó enseguida Dumbo. Al parecer se trataba del payaso de la clase, porque nuevamente toda la clase —excepto la chica de la falda de flores— se echó a reír. Pero el señor Leimer, irritado, se limitó a sacudir la cabeza de nuevo. No parecía tener mucho sentido del humor, puesto que la observación, dirigida a mi precioso pelo, en cierto modo resultaba graciosa.

—No, el señor Kaminski es inspector —dijo satisfecho el señor Leimer, como si fuese mérito suyo—. ¡Un auténtico inspector de policía! ¿Qué decís ahora?

—¿Inspector Kaminski? —exclamó Dumbo—. ¿Está emparentado con el inspector Schimanski?

Ese chiste ya no me pareció tan bueno. Papá y yo lo habíamos escuchado al menos cien veces.

—¡Hubert Wacker! —exclamó irritado el señor Leimer—. ¿Cuándo aprenderás a abrir la boca solo cuando te pregunten?

Después volví a mi sitio, nuevamente acompañada por las cabezas que me seguían.

Superé el resto de las clases sin mayores incidentes. Nadie hablaba conmigo. Me pareció bien así. De todos modos, noté que algunos de ellos cuchicheaban a mis espaldas y se divertían a mi costa. ¿Por qué aquí había de ser diferente que en la escuela anterior?

En un par de ocasiones estuve a punto de dirigirle la palabra a la muchacha de la falda de flores. Pero no me atreví. Aún no había conseguido averiguar su nombre. Entre clase y clase permanecía sola y jamás levantaba la mano cuando preguntaban, igual que yo.

Después de la quinta hora había logrado superar mi primer día de clase. No fue tan difícil como me lo había imaginado, pero tampoco mejor. Me tomé mi tiempo. Deseaba volver a casa lo más tranquila posible. Pero, por desgracia, Hubert Dumbo no estaba de acuerdo.

—¡Eh, tú, enana! —gritó—. Aún no sabemos cómo llamarte. ¿Pumuckel, Tapón o Chispita? ¿Qué prefieres?

Me detuve y me volví hacia ellos.

—¿Qué tal Ricarda? Así es como me llamo. ¿Y cómo tengo que llamarte yo a ti? ¿Hubi, Dumbo? ¡Elige!

Hubi-Dumbo tampoco parecía tener demasiado buen humor. Se le daba bastante mejor repartir que recibir. Se dirigió hacia mí, amenazante, y se me plantó delante, a un palmo de mis narices.

—¡Ahora presta atención, medio metro! Si no quieres buscarte líos, yo en tu lugar me quedaría calladita.

—Y yo en tu lugar, si te acercas tanto a mí, me lavaría primero la boca. Porque tienes un aliento bastante apestoso.

Hubert se volvió hacia sus compañeros, que se revolcaban de risa. Al parecer, encontraban mejor mis chistes que los suyos. Cuando se volvió de nuevo hacia mí, vi algo en sus ojos que no me gustó nada. Pero en ese mismo instante, descubrió algo a mis espaldas.

La expresión de su rostro cambió radicalmente.

Me giré y vi una falda de flores.

—No hagas bobadas... —Hubi se volvió bruscamente y echó a correr como alma que lleva el diablo.

La chica alta me sonrió.

—Me llamo Julia, Julia Wolff. Pero casi todos me llaman Flor.

## II

SEGUÍ CON LA MIRADA A HUBERT WACKER, quien no paraba de correr junto con sus amigos, como si los estuviera persiguiendo la policía.

—Gracias —dije—. Me llamo Ricarda.

—Ya lo sé —se rió Flor—. Lo ha dicho Leimer.

—Es verdad. Ese Hubert me descompone. Creía que me iba a pegar.

—Está chiflado. Pero ya no te hará nada.

—¿Por qué te tiene tanto miedo?

Flor se encogió de hombros.

—Supongo que será por la afición que tengo.

—¿Cuál es esa afición?

—El boxeo.

—¿De verdad? ¿Cómo te ha dado por ahí? ¿Tu padre también boxea?

Flor se limitó a negar con la cabeza.

—Quería haber hablado contigo durante el recreo —dije yo—. Pero no me he atrevido.

Flor se echó a reír otra vez.

—Ya me he dado cuenta. ¿Te daba miedo?

—¿Miedo? —exclamé—. ¿Cómo se te ocurre?

—Porque la mayoría de la clase me tiene miedo.

—¿Por tu afición?

—Supongo que será por eso —opinó Flor—. Y por mi tamaño. Pero no me parece mal. Si no, seguramente no pararían de meterse conmigo por la ropa que llevo.

—Eso me suena —me limité a decir—. ¿Siempre llevas esas faldas?

—Faldas con flores y blusas blancas —contestó Flor, asintiendo—. Es una especie de manía. Cuando iba a la guardería, en una ocasión mi madre me vistió así: con falda y blusa. Todos comentaron lo bien que me sentaban. Desde entonces no quiero otra cosa. Y sigo sin cambiar. Así es como he conseguido mi apodo.

—Me lo imaginaba. A mí puedes llamarme Ricki, sin más. Así me llamaba la gente en la otra escuela.

Observé a Flor. Las dos no podíamos ser más diferentes, al menos exteriormente. Y, sin embargo, por primera vez tenía la sensación de haberme encontrado con una chica, en cierto modo, parecida a mí.

—¿Vives cerca de aquí? —pregunté.

—No, vengo en autobús, en el ciento cuarenta.

—¡Yo también! —exclamé—. Vamos juntas.

Durante un rato nos quedamos calladas. Esperé a que se pusiese a hablar sobre su familia. Pero, por desgracia, no le dio por ahí. Así que tuve que tomar yo la iniciativa. Aunque eso no se me da mal, como suele decir mi padre.

—Vivo sola con mi padre —empecé a decir.

Flor asintió con la cabeza.

—Lo sé.

—¿Cómo lo sabes? —exclamé.

—Lo ha dicho Leimer. También ha dicho que te mudaste aquí con tu *padre*. Si no, habría hablado de tus *padres*.

—Cierto. ¿Y eso te ha llamado la atención?

—Sí. Seguramente porque yo también vivo sola con mi madre... y con mi abuelo.

—¿De verdad? —exclamé. Por fin contaba algo sobre sí misma—. ¿También tu padre se... marchó?

Flor se puso rígida y se quedó mirándome. Ya me estaba arrepintiendo otra vez de haber hablado más de la cuenta.

—¿Cómo lo has sabido? —me preguntó.

—No sé. Porque me ha pasado a mí, supongo. Mi madre nos abandonó a mi padre y a mí cuando yo era muy pequeña. Ni siquiera la recuerdo.

—Curioso —dijo Flor, en voz baja, y siguió caminando.

Me resultaba difícil mantener su paso.

—¿Puedes dar pasos más pequeños? No puedo seguirte. ¿Qué es lo curioso?

Flor aminoró su marcha. Se lo agradecí mucho.

—Que tenías razón. A nosotros nos ha pasado lo mismo: mi padre abandonó a mi madre cuando yo era apenas un bebé.

—Sí que es una coincidencia curiosa —dije, y al mismo tiempo me alegré de ello: teníamos algo en común.

—¿No le resultó difícil a tu madre sacarte adelante?

—Más o menos.

—¿A qué se dedica?

—Trabaja.

—Ajá. ¿Y en qué?

Flor señaló la parada del autobús.

—Ahí viene nuestro autobús. Tenemos que darnos prisa.

Durante el viaje hice algún que otro intento para

averiguar algo más sobre su familia, pero Flor siempre eludía las preguntas. Opté por no seguir preguntando. Si seguía insistiendo, podría molestarse y nuestra amistad peligraría, incluso antes de haber empezado.

Cuando me bajé, Flor se quedó sentada. Ni siquiera me había dicho dónde vivía. Debía de ser una persona reservada. Pero me gustaba, y seguramente yo a ella.

Mientras caminaba a casa desde la parada del autobús, pensé en mamá. De no haber fotos, ni siquiera sabría el aspecto que tenía.

Me hubiera gustado oír alguna vez su voz.

A papá no le gustaba hablar sobre ella. No podía perdonarle que nos hubiese abandonado. Su desaparición había sido bien extraña. Todo lo que había averiguado por medio de papá era que se había enamorado locamente de un tipo que estaba de paso en la ciudad. ¡Igualito que en el cine! Papá no me había contado a qué se dedicaba, pero siempre me lo imaginaba como un representante de seguros. Creo que ni siquiera papá sabe muy bien lo que realmente sucedió entonces.

Cuando llegué, lo primero que hice fue darme una vuelta por la casa, que para mí seguía conservando el encanto de lo nuevo. Se trata de una vivienda de la policía. La verdad es que me gusta mucho, mucho más que la antigua. Tengo un dormitorio grande y hermoso, desde el que puedo contemplar el parque. Desde la mudanza, el cuarto nunca había estado realmente ordenado y ahora parecía un auténtico campo de batalla. Si no nos hacíamos pronto con una asistenta, terminaríamos asfixiándonos entre la porquería. Papá iba a preguntar a sus compañeros; pero, por lo que me había contado sobre ellos, lo más probable era que no sirviera de nada.

Tenía que resolver el asunto yo misma. Saqué de nuevo las cartas que habíamos recibido respondiendo a los anuncios, y las extendí sobre la mesa de la cocina. Quizá habíamos pasado algo por alto.

El resultado fue decepcionante. Habíamos hablado con todas, incluso las habíamos invitado a venir. Únicamente nos quedaba por conocer una tal Else Schmitz. Papá había retirado inmediatamente su carta. Era la única que no había enviado ni fotografía, ni informes, ni recomendaciones. Tan solo había escrito una carta a mano.

En cuanto la releí, recordé por qué no la había llamado papá.

> *¡Querido anunciante!*
>
> *Nunca he trabajado de asistenta, pero seguro que me lo pasaría muy bien. Llámeme.*
>
> *Un afectuoso saludo,*
>
> *Else Schmitz*

«No necesitamos una principiante», había dicho papá. Aquello le bastó para zanjar el asunto. Pero era la única que quedaba.

¿Qué teníamos que perder? Me dirigí al teléfono y marqué el número que estaba escrito en el encabezamiento de la carta. Nada más sonar el segundo tono, alguien lo descolgó.

—¿Sí, diga? Habla Amanda X.

—Buenos días. Me llamo Ricarda Kaminski. ¿Me puede poner con Else Schmitz?

—Debe tratarse del puesto de asistenta.

—Sí —exclamé—. ¿Cómo lo sabe?

—Estaba esperando la llamada. Soy Else Schmitz. Amanda X es mi nombre artístico.

—Ajá. ¿Sigue interesada por el trabajo?

—¡Pues claro! —se rió Amanda X—. Si no, no estaría esperando la llamada.

—¿Cuándo podría venir a vernos?

—Sinceramente, preferiría que me visitaseis vosotros.

Pensé que no había escuchado bien.

—¿No desea ver dónde tendría que trabajar?

—No —dijo Amanda, sin vacilar—. Creo que es más importante para vosotros ver cómo vivo yo. Así podréis comprobar por vosotros mismos si sirvo o no para poner orden en una casa. Ya tendré ocasión de ver la vuestra. No creo que se diferencie mucho de otras.

De alguna forma, aquello me pareció lógico.

—Por cierto, ¿dónde vive usted?

—Calle del Pino, 13. Se trata de una antigua fábrica. No tiene pérdida.

Cuando mi padre llegó a casa por la tarde, me costó un buen rato convencerle para ir a visitar a Amanda X a su casa. Opinó que era la cosa más disparatada que había oído nunca. Como suelo ser bastante hábil para convencerlo, al final lo conseguí.

Encontrar la calle del Pino no resultó tan fácil como había dicho Amanda. Pero probablemente se debiese a que ni papá ni yo conocíamos demasiado bien la ciudad.

Con un plano en la mano y tras haber preguntado a varios peatones, por fin llegamos a la casa de Amanda.

Si ella no me hubiese dicho que se trataba de una antigua fábrica, me habría parecido una casa corriente, no muy bonita, pero tampoco tan destartalada como me imaginaba yo el edificio de una fábrica.

La puerta principal, que conducía a unas escaleras amplias, estaba abierta. Ya estaba a punto de entrar, cuando mi padre me hizo retroceder.

—¡Ahí! ¡Mira lo que pone ahí! —exclamó, y señaló con el brazo extendido un rótulo que había junto a la puerta.

AMANDA X

VIDENTE, MÉDIUM Y ESPIRITISTA

*Deja que Amanda invoque*
*cualquier espíritu que te trastorne*

Se ruega cita previa

—¡Quiero una asistenta! —exclamó papá—. ¡No una vieja chiflada que pincha agujas en muñequitos de vudú!

—¿Por qué tiene que ser vieja? —le respondí—. Y de vudú no pone nada. Además, no tengo más remedio que verla. Esto no nos lo podemos perder, aunque no la contratemos como asistenta.

Papá meneó la cabeza.

—Bueno, por mí.... Yo también siento cierta curiosidad.

El portal necesitaba una mano de pintura, pero por lo demás estaba bastante decente. Al menos no había calaveras colgando del techo, como debía sospechar mi padre. Tanto en la primera como en la segunda planta había una puerta que conducía al interior del edificio. Las dos estaban cerradas. No había ni timbre, ni señal alguna de inquilinos. Entre el segundo y el tercer piso nos tropezamos con un hombre.

—Buenas tardes —dije, educadamente.

—Tirilí, tirilí —respondió el hombre y siguió andando, cantando alegre, mientras papá y yo le observábamos pasmados.

—Seguramente a ese ya le ha puesto unas cuantas agujas —dijo papá en voz baja—. Espero que no salgamos igual que él dando saltos escaleras abajo como las ranas.

Por fin nos detuvimos ante una puerta, en el cuarto y último piso, que tenía el mismo rótulo que el portal. Por la cara que puso papá, noté que hubiese preferido volver sobre sus pasos.

Primero golpeé la puerta con sigilo; después, al ver que nadie respondía, llamé más fuerte.

—¡La puerta está abierta! —oí por fin decir a una mujer—. ¡Adelante, siempre que no se trate de Hacienda!

Papá abrió la puerta con cuidado y nos asomamos por el hueco. Lo primero que vimos fue una oveja. Nada parecido a un juguete o a un animal de peluche, ¡una oveja viva! Llevaba puestas unas gafas de sol.

Papá volvió a cerrar la puerta, dando un gritito, y se reclinó sobre la pared. Estaba blanco como la cal.

—¡No tendrás miedo de una oveja! —le espeté—. Si

Schimanski reaccionase así, no atraparía nunca a ningún carterista.

Papá me miró. Durante un instante hubo un destello de irritación en sus ojos. Pero después abrió de nuevo la puerta. El reproche era un insulto para su orgullo.

—¡Hola! —volvió a gritar la voz—. ¡He dicho que la puerta está abierta!

La oveja seguía sin moverse y nos miró; al menos eso me pareció, a pesar de sus gafas de sol. Tenía pinta de estar menos asustada que nosotros, sobre todo menos que papá.

—¡Idiota! —dijo papá, hablando consigo mismo—. ¡Asustarte de una oveja! No hay nada más inofensivo que una oveja.

Sin dejar de murmurar para sus adentros, entró en la vivienda, vigilando sus pasos. Con la espalda pegada a la pared, pasó al lado de la oveja de las gafas de sol. Yo le seguí. No parecía observarnos nadie.

Entretanto, tuve tiempo de echar más de un vistazo. Estábamos en un recibidor, donde se habría podido patinar bien a gusto uno de esos días en los que hace mal tiempo. En él había el doble de puertas que en el de nuestra casa.

¿De qué habitación habría salido aquella voz? Ahora había un silencio espectral. Papá y yo nos deslizamos de puerta en puerta y estuvimos contemplando cada uno de los cuartos. A pesar de no ser una experta, enseguida me di cuenta de que los muebles no eran precisamente baratos. Y todas las habitaciones estaban ordenadas, como si estuviesen esperando visitas. Pero no había ni un alma en ninguna de ellas. Únicamente la oveja seguía junto a la puerta, mirándonos.

A pesar de haber embarcado en aquello a papá, tuve un extraño presentimiento. No conocíamos a la tal Amanda X. ¿No nos estaríamos exponiendo tal vez a alguna situación peligrosa? ¿No sería mejor dar media vuelta, antes de que fuese demasiado tarde?

Apenas acababa de hacer estas reflexiones, cuando una mujer apareció ante nosotros. No la había visto venir de ninguna de las habitaciones. De pronto estaba en el recibidor, como si hubiese descendido del techo.

## III

EN CUANTO EL ANIMAL VIO A LA MUJER, se puso en movimiento y se colocó a su lado. Yo no daba crédito a mis ojos. La mujer, que efectivamente podía tener el aspecto de mi abuela, ¡era igualita que la oveja!

La mujer tenía el pelo gris y rizado, y como se notaba que no esquilaban a la oveja desde hacía tiempo, podría decirse que ambas llevaban el mismo peinado. Además la anciana vestía un mullido albornoz corto de rizo, bajo el que asomaban dos piernecillas arqueadas, tan delgadas como las de la oveja. Llevaba los pies embutidos en unas pantuflas de fieltro, en las cuales podrían haber cabido muy bien dos pies. Y como remate, las gafas de sol. Las de la oveja y las suyas eran clavadas.

A papá y a mí nos costó un rato habituarnos a lo que estábamos viendo.

—¿Usted es Amanda X? —preguntó por fin mi padre.

—Sí, yo soy Amanda X, tal como pone en la puerta. Y esta es Sister X —dijo, señalando a la oveja—. Ustedes deben ser el inspector Schimanski y su hija Ricarda. ¿Puedo ofrecerles un licorcito de almendras?

—No, gracias. ¿Cómo sabe usted...? ¡No, no me llamo Schimanski, sino Kaminski!

—Oh, discúlpeme por favor.

—Suele pasarnos a menudo —dije yo—. ¿Cómo sabe quiénes somos?

—Eso no ha sido difícil. Después de todo no hay tantos padres que estén solos con una hija y que se hayan mudado aquí recientemente, tal como ponía en el anuncio. Como me apetecía saber algo más acerca de mi futuro patrón, me he estado informando.

—Aún no sabe si va a trabajar con nosotros —replicó papá.

—Hablemos sobre eso en mi biblioteca, con una taza de té y un licorcito de almendras —Amanda se dio media vuelta y se dirigió hacia una puerta al final del recibidor, arrastrando sus delgadas piernas. La oveja la acompañaba en todo momento.

Amanda nos condujo a una habitación, que estaba repleta de libros. Una de las paredes tenía una cristalera desde el suelo hasta el techo, con una amplia puerta abierta, que daba a la terraza. Tras ella se extendía un prado, tan grande, que podría haber servido para jugar al fútbol. Ocupaba el tejado del edificio vecino, que lindaba con la vivienda de Amanda.

—Este es el reino de Sister X —dijo, abarcándolo con un movimiento del brazo—. Desde que compré este almacén hace un par de años, siempre me había desagradado la vista tan triste. Sister X me vino muy bien. Ahora ella tiene su prado y yo las vistas.

—¿Eso de ahí atrás es el establo? —preguntó papá, señalando una pequeña casita de madera en un rincón del prado.

—Así es. Supergaláctico, ¿verdad?

Como si Sister X lo hubiese comprendido, se dirigió a su prado y empezó a mordisquear la hierba.

—¿Por qué la llama Sister X? —quise saber yo.

Amanda me miró desconcertada.

—Fue ella la que vino, pero ¿no crees que nos parecemos como hermanas?

—No —mentí.

—¿Y qué significa la X? —preguntó mi padre.

—La X significa extraterrestre. Mi oveja es extraterrestre. Además es mi médium. Por eso yo me llamo igual.

—Ajá —se limitó a decir él y tragó saliva.

—¿Por qué lleva gafas de sol? —pregunté.

—Tiene los ojos muy delicados. Por eso me di cuenta de sus poderes sobrenaturales.

—¿Por sus gafas? —dijo papá—. ¿Usted también es extraterrestre?

—No, es que ayer bebí demasiado licor de almendras. Pero, por favor, siéntense. Voy a hacer un té y a ponerme un poco presentable. Debo tener un aspecto ridículo con este albornoz —y salió de la habitación arrastrando los pies.

—*Mi oveja es extraterrestre* —me cuchicheó papá—. ¡A la vieja le falta un tornillo!

—Déjala —le repliqué—. Por lo menos no es tan aburrida como las demás.

Unos instantes más tarde, Amanda reapareció. Estaba totalmente vestida y llevaba una bandeja con una tetera, tazas, vasos y una botella de licor de almendras. Me pregunté cómo lo habría hecho en tan poco tiempo. Depositó la bandeja sobre la mesa y se dejó caer en el sillón, frente a nosotros.

—Sírvanse ustedes mismos —dijo, mientras ella se servía un licor de almendras, visiblemente satisfecha.

—¿De verdad quiere trabajar con nosotros como asistenta? —preguntó papá.

—Por supuesto. Por eso les escribí una carta y los he invitado a venir. ¿Qué les parece mi casa?

—Es muy bonita —me apresuré a decir—. ¡Y muy ordenada!

—¿Verdad que sí? —se alegró Amanda.

—Pero tendría que quedarse todo el día con nosotros —explicó papá.

—No hay problema.

—Y solo tendría un día libre a la semana.

—¡Un día libre! —exclamó Amanda—. Qué bien. Así podré ocuparme de mis clientes. Pensé que iba a tener que dejarlos abandonados.

—¿Sus clientes? —se asombró mi padre.

—Seguro que se ha fijado en el rótulo de la puerta. Ayudo a la gente que tiene problemas con fenómenos paranormales.

—¿Ese hombre con el que nos hemos encontrado afuera es uno de sus clientes? —quise saber.

—Sí —respondió Amanda—. Es un profesor de Matemáticas y cree estar poseído por su canario muerto.

Noté cómo me miraba papá. No me giré para observarle, porque podía imaginarme su cara con total precisión.

—¿Y usted le ayuda? —me limité a preguntar.

—Eso espero. De todos modos, habría sido mejor que hubiese acudido a mí en cuanto notó los primeros síntomas.

—¿Qué síntomas? —preguntó papá.

—Desayuna mijo todos los días.

—¿De verdad quiere trabajar como asistenta para nosotros? —volvió a preguntar papá—. No podré pagarle mucho.

—Yo había pensado en trescientos.

—¿Trescientos marcos a la semana?

—No, mensuales.

—¿Tan poco? —exclamé, e inmediatamente me arrepentí. No era muy apropiado decir eso.

—Por el dinero no se preocupe —se limitó a decir Amanda—. Entonces, ¿qué? ¿Estamos de acuerdo?

Yo miré a papá y él a mí.

—Voy a dejarlos solos un momento —dijo Amanda—, para que puedan pensárselo.

Desgraciadamente, papá no estaba demasiado entusiasmado.

—No sé. Es demasiado rara.

—Sí, es un poco rarilla; pero echa un vistazo a tu alrededor. No se ve ni una mota de polvo. Además, nunca encontraremos una asistenta tan económica.

—Está bien —rezongó él—. No tenemos nada que perder.

Como si hubiese estado escuchando, en ese mismo instante Amanda apareció por la puerta.

—Entonces, estamos de acuerdo. ¡Bien! Iré mañana por la mañana, sobre las ocho y media, si les parece bien.

Papá se puso de pie y le tendió la mano.

—Entonces, de acuerdo.

—Seguro que será supergaláctico —dijo Amanda, y me guiñó un ojo.

—Ahora me vendrían bien un par de ositos de goma —dijo papá, cuando ya estábamos sentados en el coche.

—Tengo un buen presentimiento —asentí, ofreciéndole algunos—. De todas formas, será divertido, eso está claro.

Papá se metió de golpe todos los ositos de goma en la boca.

—Si te soy sincero, a mí también me alegra quitarme al menos este problema de encima.

—¿Es que tienes otros problemas? —pregunté, alarmada—. ¿Se trata otra vez de tu trabajo?

Papá se encogió de hombros.

—¿Qué otra cosa iba a ser? Beinlein, el comisario, me ha encargado hoy un nuevo caso, mi primer caso.

—¡Pero eso es estupendo! —exclamé.

—A Pauer no le parece tan estupendo. Antes lo llevaba él solo. Y ahora está molesto porque tiene que compartirlo conmigo. Le hice un par de sugerencias, pero no estuvo de acuerdo con ninguna de ellas.

—¿De qué se trata?

—De juego clandestino. Nada especial, en el fondo. Se trata de un restaurante, en cuya trastienda se apuestan grandes cantidades al póquer.

A la mañana siguiente me levanté algo más temprano para ordenar un poco el caos que habíamos organizado Papá y yo en casa durante las últimas semanas. Él ya se había marchado al trabajo. A mí me venía bien, porque así podía recoger tranquila. Precisamente estaba pasando el aspirador por mi cuarto, cuando oí unos rujidos delante de mi ventana, como si un montón de tractores decrépitos estuviesen desfilando ante la casa. No sé por qué, pero enseguida comprendí que se trataba de Amanda X.

Di un brinco y me acerqué a la ventana. Tenía razón. Iba sentada en una vetusta moto con sidecar, llevaba un casco de cuero y un abrigo hasta los tobillos, que se agitaba al viento. Dio una extensa vuelta por la calle hasta que por fin aparcó delante de casa.

Yo salí corriendo hasta la puerta de la calle. ¡Aquello no quería perdérmelo!

Cuando abrí la puerta, ya estaba allí. Llevaba entre los brazos un ovillo negro, que roncaba.

—Este es Penélope, mi gato —dijo Amanda—. Es mi médium sustituto. Lo malo es que siempre está dormido. No puedo dejarlo solo, porque, si no, no comería y acabaría muriéndose de hambre. He dejado a Sister X en casa. Ella sabe cuidarse sola.

Se lo agradecí mucho. Seguro que a papá no le habría entusiasmado tener una oveja pastando en la alfombra de nuestra sala de estar.

—¿Esa moto es suya?

—¡Sí! —exclamó Amanda, radiante—. Supergaláctico, ¿verdad? Es una Harley, una Panhead con sidecar de 1948. Pero no te preocupes, puedes llamarla Bubi.

—Claro —me limité a decir.

Amanda se frotó las manos.

—Bueno, y ahora me gustaría echarle una ojeada a mi nuevo lugar de trabajo.

Después pasó a mi lado y subió las escaleras dando grandes zancadas.

—¿Médium sustituto? ¿Y eso qué significa?

—La gente espera que tenga un gato negro —dijo, mientras echaba un vistazo a la casa con mucho interés—. De modo que aquí lo tienen. Les hago creer que lo necesito. Pero en realidad mi médium es Sister X, como ya sabes. Aunque resulta bastante embarazoso cuando Penélope se pone a roncar durante una sesión.

—¿Por qué lo llama Penélope, señora X? —pregunté—. Es un nombre de chica.

—Me gustaba el nombre. Y a Penélope le da igual. Y ya que estamos con los nombres: puedes llamarme Amanda. Ahora formo parte de la familia, por así decirlo.

Depositó a Penélope, que seguía roncando, sobre el suelo de la cocina y se plantó con los brazos en jarras.

—Según parece, tengo un montón de trabajo que hacer.

—¿Demasiado? —pregunté sigilosamente.

—No, no; está bien.

—Entonces no quiero seguir estorbando —me apresuré a decir—. De todas formas, tengo que marcharme a la escuela.

—¿Te has acordado de tu desayuno? —preguntó, muy seria.

—¡Claro! —exclamé, y agarré mi cazadora y mi gorra, antes de que pudiera preguntarme qué me había preparado.

Flor ya estaba haciéndome señas desde el autobús, mientras yo seguía en la parada. Me había reservado un asiento.

Cuando me senté junto a ella, tuve la sensación de que llevábamos años viajando juntas todas las mañanas a la escuela. Me colocó un cucurucho con ositos de goma delante de las narices.

—¿Quieres?

Me lo quedé mirando.

—¿Cómo te has enterado de que me encanta comer ositos de goma?

—No lo sabía. Pero a mí me chifla comerlos. ¿A ti también?

—¡Me vuelven loca!

Mientras conseguíamos que los ositos de goma perteneciesen cuanto antes a una especie en extinción, le hablé de Amanda. Conforme iba contando, a Flor se le iban poniendo los ojos como platos.

—¿De verdad trinaba el tipo ese? ¿Y la oveja siempre lleva puestas las gafas de sol? —acabó exclamando tan alto, que la gente, alarmada, se volvió para mirarnos.

—Así es. ¡Lo juro! —dije yo y levanté la mano derecha.

—¡Tengo que conocerla!

—No hay problema. ¿Por qué no vienes esta tarde a vernos?

De pronto, la expresión de su rostro cambió.

—No —dijo rápidamente—. Hoy no puede ser. Tal vez en otra ocasión.

—¿Y si voy yo a vuestra casa? —pregunté.

—Lo siento, pero no puede ser. Hoy tengo que salir.

Me di cuenta de que estaba mintiendo. Por alguna otra razón, no quería quedar conmigo. Pero noté que no tenía nada que ver con mi persona, así que dejé de insistir. Tenía un secreto.

Ya me lo contaría en otra ocasión. De eso estaba segura.

## IV

CUANDO VOLVÍ DE LA ESCUELA, pensaba encontrarme a Amanda con la cara como un tomate y despotricando, dando vueltas por toda la casa. Pero estaba equivocada.

Estaba sentada en el sofá de la sala de estar, echando las cartas. Penélope roncaba a su lado. Sin embargo, lo más asombroso era que la casa estaba ordenada y limpia, como los chorros del oro. Y como remate, de la cocina salía un olor francamente tentador. Me parecía prácticamente imposible que una sola persona hubiera hecho aquello en tan poco tiempo. O no había hecho otra cosa en su vida, más que limpiar casas y ordenar, o bien era una bruja.

—Llegas justo a tiempo —dijo sonriente, en cuanto me vio—. La comida está preparada.

—¿Cómo lo ha conseguido? —pregunté, mientras seguía contemplando la casa, perpleja.

Amanda se encogió de hombros.

—No hay problema. Se veía peor de lo que estaba.

Se puso en pie y me empujó hacia la cocina.

No dijo ni una palabra durante la comida. Solo miraba, sonriendo, cómo engullía yo aquella comida increíblemente sabrosa. Terminé y me eché hacia atrás con las dos manos sobre la barriga, a punto de reventar.

—¿Te ha gustado?

Me limité a asentir, no podía ni hablar.

Amanda se inclinó un poco hacia mí.

—¿Cómo le va a tu amiga?

—¿Amiga? —dije, dando un respingo—. ¿Cómo sabe lo de mi amiga?

Amanda señaló con la cabeza en dirección al cuarto de estar.

—Las cartas.

—¿Puede leer en las cartas que tengo una amiga?

—No exactamente. Solo he visto que has tenido un encuentro positivo. Deduje que se trataba de una amiga, ¿o es un amigo?

—No, una amiga —dije, tratando de no ruborizarme—. Se llama Julia Wolff, pero todos la llaman Flor, yo también. Ella a mí me llama Ricki. Por cierto, puede llamarme así, si usted quiere.

—Ricki y Flor. Es bonito. Me gusta —dijo Amanda, sonriendo, pero enseguida se puso seria otra vez—. Pero también he visto que una sombra se cierne sobre vuestra amistad. No es nada serio, aún.

¡Era increíble! Me puse a pensar si debía hablarle sobre el extraño comportamiento de Flor. En realidad no le atañía en absoluto, pero tenía la sensación de que de todas formas me iba a ser imposible mantener un secreto con aquella mujer. Además, no sé por qué, pero me inspiraba confianza.

—Eso no significa gran cosa —dijo Amanda, cuando concluí—. Tal vez tenga que ver con la profesión de tu padre.

—¿Por qué dice eso?

—Para ti la profesión de inspector de policía es algo muy normal, porque estás habituada a ello. Pero para el resto de la gente esa profesión es algo especial. Seguramente por las películas policiacas que ponen en televisión. Quizá por eso le dé un poco de miedo a Flor venir a visitarte.

Me habría gustado creer que Amanda tenía razón, pero mi intuición me decía otra cosa.

Como Amanda rechazó mi ofrecimiento de ayudarla a fregar la vajilla, decidí comportarme como una estudiante aplicada. Me puse a hacer los deberes. Cuando terminé, me felicité y me di un par de palmaditas en la espalda. Después me fui a jugar con Penélope, pero estaba dormido, y pasearse por la casa con un gato que ronca resulta algo aburrido.

Justo mientras estaba pensando en buscar en la guía de teléfonos el número de Flor para llamarla, sonó el teléfono. Era papá.

—Eh, ¿qué tal van las cosas con nuestro nuevo ángel de la guarda? —preguntó enseguida.

—¡No te lo vas a creer! La casa está hecha un figurín. Y la comida, ¡fenomenal!

—Me alegro —dijo él, aunque su tono era bien distinto—. Por desgracia, tengo que comunicaros una mala noticia. Pauer y Lily Lassalle vienen a cenar esta noche. ¿Puedes preguntarle a la señora X si podría preparar algo? Me resulta bastante embarazoso, pero...

—¿Los has invitado tú? —le interrumpí.

Su suspiro se habría escuchado igual sin teléfono.

—Ha sido justo al revés. Más o menos se han invitado ellos solos. Deben de sentir curiosidad por saber cómo vivimos.

Me pregunté por qué mi padre era incapaz de decir que no.

—Voy a preguntarle —comenté sin más, puesto que eran evidentes sus remordimientos—. Y si no le va bien, podemos encargar una pizza.

—Eso es muy amable de tu parte, cariño. ¡Gracias!

Para mi sorpresa, Amanda aceptó inmediatamente. Lo único que iría un momento a su casa, para dar de comer a Sister X.

Pero cuando llegaron papá y sus compañeros, ¡no había vuelto aún!

Nada más pasar por la puerta, mi padre tropezó con Penélope. Porque Amanda lo había dejado conmigo. En su opinión, no iba a molestar puesto que estaría dormido.

Papá dio un grito.

—¿Qué es esto?

—Penélope, el gato de Amanda —dije, aparentando la mayor tranquilidad posible. No quería alarmarle más de lo necesario.

—¿Quién es Amanda? —preguntó la joven que aún seguía en la puerta junto al inspector Pauer. Debía tratarse de Lily Lassalle. A Pauer ya lo conocía, pero nunca había coincidido con ella. La verdad es que tenía buena pinta. Solo que el tono de su pregunta era algo áspero. ¿Acaso pensaría que Amanda era la novia de papá y estaba celosa?

—Es nuestra asistenta —se apresuró a decir él—. Una persona increíble. Ya la conocerán.

La expresión de Lily se suavizó. ¡Aquello sí que me mosqueó! Me propuse observarla detenidamente.

Cuando me tendió la mano y noté cómo me examinaba, lo vi claro: no, de ninguna manera podría aspirar a sustituir a mi madre. Tal vez estuviese interesada por papá, pero yo no entraba en el trato. Tal y como me miraba, seguramente me aparcaría en un rincón, para, en el mejor de los casos, quitarme el polvo una vez a la semana.

Pauer no me dio la mano, sino que me dedicó un gesto con la cabeza. Su sonrisa no me engañaba. Papá me había contado demasiadas cosas sobre él.

—¿Está lista la cena? —preguntó papá de pronto.

—Aún no, pero enseguida estará —mentí—. Podéis sentaros en el cuarto de estar. Ya os avisaré cuando esté preparada.

Pauer y Lily Lasalle cruzaron el vestíbulo, siguiendo a papá, en dirección al cuarto de estar. Entretanto, sus cabezas giraban como antenas de radar. Papá tenía razón. Sentían curiosidad por nuestra casa. Probablemente, Lily ya debía de estar redistribuyendo mentalmente nuestros muebles y buscándome un rinconcito discreto. Yo me había olvidado de cerrar las puertas del resto de las habitaciones. Impensable, de no haber puesto orden Amanda.

Papá no pareció darse cuenta. Estaba demasiado nervioso a causa de la visita.

¿De verdad nos habría dejado Amanda en la estacada? Si se hubiese tratado solamente de Lily y de Pauer, los hubiese dejado desmayarse de hambre, pero mi padre me daba pena. Ya me había mirado, hambriento, más de una vez.

Me estaba preguntando si hacer bocadillos o encargar una pizza, cuando escuché por fin el traqueteo de Bubi.

Cuando abrí la puerta, no daba crédito a mis ojos. ¡Amanda se había traído a Sister X!

—Aquí estoy —dijo, lo cual era obvio, y se fue, oveja incluida, en dirección a la sala de estar. Antes de poder retenerla, ya estaba plantada frente a papá y sus visitas.

—¿Qué es esto? —chilló Lily Lassalle.

—Mi asistenta, Amanda X. Y esta es su... oveja —dijo mi padre mientras se derrumbaba en su sillón.

—Parece una gran amante de los animales, su asistenta —opinó Pauer con una amplia sonrisa manifiestamente burlona.

—Sister X no los molestará. Voy a ponerla en el balcón. No necesita más que un hatillo de heno y un cuenquecito con agua. Supergaláctico, ¿verdad?

—¡Pero yo no tengo heno! —exclamó papá, soltando un gallito.

—No se preocupe, ya me lo he traído yo.

—¿Y la comida? —preguntó él con labios temblorosos—. ¿Qué pasa con la comida?

—La tiene Bubi. Ahora mismo la traigo.

Papá dio un respingo.

—¿Quién es Bubi?

Me puse al lado de Amanda, de un brinco.

—Es su moto. No te alteres, papá.

Empujé a toda prisa a Sister X hacia nuestro balcón, antes de que mi padre se subiese por las paredes.

—¿Por qué lleva gafas de sol? —preguntó Pauer, muy amable.

—Eso tiene una explicación muy simple —contestó Amanda—. Sister X es...

—¡Tiene una enfermedad en los ojos! —exclamé yo, y saqué a Amanda del cuarto de estar.

Cuando papá se sentó a la mesa con los demás, aún le temblaban un poco las manos. Pero parecía mejorar visiblemente tras cada bocado. El almuerzo había sido fabuloso, pero lo que nos ofrecía Amanda para cenar, ¡era un sueño! Si aquello continuaba así, pronto tendría que ir a una clínica para hacerme una liposucción.

Incluso a Lily Lassalle y a Pauer no les quedó más remedio que elogiar las cualidades culinarias de Amanda.

Después de cenar, desaparecí con Amanda en la cocina para fregar los platos. Precisamente estábamos ocupadas en poner de vuelta y media a Lily y a Pauer, cuando escuché un vocerío procedente del cuarto de estar, como si papá y sus compañeros estuviesen discutiendo. Me acerqué de puntillas a la puerta entreabierta del cuarto de estar.

—No comprendo su punto de vista sobre la lucha contra la delincuencia —oí decir a Pauer.

En el fondo, no había nada de especial en aquella frase. Pero lo dijo de una forma que me puso los pelos de la nuca como escarpias, y de pronto me di cuenta de por qué no se entendía papá con su compañero.

—Solo me preocupa la desproporción de los medios empleados —se defendió papá.

¡Ay, ay, ay! Otra vez le temblaba la voz. Ese tipo sabía muy bien cómo hacerle sentir inseguro.

—¡Qué va! —le espetó Pauer—. Nuestros superiores son los que han ordenado que intervengamos en lo del juego clandestino. Y esperan que los cojamos. Eso es todo.

—Pero si ni siquiera hemos comprobado que en *El Ancla Dorada* haya de verdad juego clandestino —insistió Papá—. Por ahora son simples sospechas.

—Me basta con esas sospechas, colega. ¡Después de todo somos policías, no del Ejército de Salvación!

—¿De verdad se trata solo del juego clandestino o más bien de su carrera? —preguntó papá.

¡Eso es! ¡Dale, papá!

—A mí también me parece que no deberíamos actuar con demasiada dureza mientras no se confirmen del todo las sospechas —dijo de pronto Lily Lassalle, poniéndose de parte de papá. Sus intenciones eran evidentes.

Pauer la amonestó inmediatamente.

—Antes de opinar sobre algo así, debería usted acumular más experiencia, querida. Además, creo que esta discusión no tiene ningún sentido. Ahora tengo que marcharme.

Me di media vuelta dispuesta a irme a la cocina, porque no me apetecía en absoluto volver a encontrarme con Pauer. A punto estuve de arrollar a Amanda.

—¿Qué haces? —preguntó ella, poniéndose la mano sobre el pecho, sobresaltada.

—¿Podría hacerme un favor? —me apresuré a decirle—. Dígale a papá y a sus compañeros que ya me he ido a la cama.

—Solamente si acabas con esa bobada del «usted». ¡Me llamo Amanda! ¡Ya te lo he dicho! —exclamó a mis espaldas, mientras yo corría por el pasillo hasta mi habitación. Nada más entrar, pegué la oreja a la puerta para escuchar lo que estaba sucediendo fuera. Efectivamente, Amanda les repitió lo que yo le había indicado. Después de la acostumbrada ceremonia de despedida, el inspector Pauer y Lily Lassalle se largaron por fin.

—¿Por qué os estabais peleando? —pregunté a papá, cuando Amanda, Sister X y Penélope ya se habían marchado.

—No era una pelea —replicó papá—. No ha sido

más que una de nuestras discusiones habituales. Pauer y yo opinábamos de modo diferente, como siempre.

—¿Sobre qué?

—Bah, no es nada importante. Ahora me apetece irme a la cama. Y tú también deberías hacer lo mismo.

Me quedé mirándole mientras se metía en su habitación, cabizbajo. A veces me preguntaba si no habría sido mucho más feliz con una profesión distinta.

A la mañana siguiente aún seguía preocupada con el problema de papá. Debía de notárseme, porque Flor me habló de ello en cuanto me senté a su lado en el autobús.

—¡Menuda cara llevas! ¿Has tenido algún disgusto?

—¿Se me nota? —pregunté, asustada—. No, no es ningún disgusto. Se trata de mi padre. Tiene un nuevo caso entre manos. Según parece, él prefiere actuar con cautela, pero su compañero sostiene que hay que actuar con dureza. No entiendo por qué papá siempre tiene problemas en su trabajo.

—¿En qué consiste el caso? —se interesó Flor. Tuve la impresión de que le costaba trabajo hacerme aquella pregunta.

—Se trata de juego clandestino. Hay un local donde, al parecer, juegan al póquer en la trastienda.

Flor se sobrecogió. Y yo me di cuenta.

—¿Un local? ¿Qué local?

—Creo que se llama *La Llave Dorada* o *El Ancla Dorada,* o algo parecido. ¿Por qué lo preguntas?

Flor me dio la espalda y se puso a mirar por la ventanilla.

—Por nada. No importa —dijo en voz baja.

Durante el resto del trayecto a la escuela, no dijo una sola palabra. Y lo mismo en el patio. Cuando me dirigía a ella, apenas me contestaba. Siguió así durante el primer recreo y en las cuatro horas siguientes. Durante el segundo recreo me aventuré. ¡Tenía que saber lo que le pasaba a Flor!

# V

ME REAFIRMÉ EN MI IDEA de que papá me había enviado a una escuela muy buena. Durante los recreos, el portero se ocupaba de un puestecillo extraordinariamente bien surtido: ¡Vendía ositos de goma! Compré dos cucuruchos, le di uno a Flor y me la llevé a un discreto rincón del patio.

—¿Qué ocurre? —me preguntó—. ¿Por qué me has traído aquí? ¿Y a qué vienen los ositos de goma?

—¿Tú dirías que soy tu amiga? —le pregunté a mi vez.

Flor abrió los ojos de par en par. La pregunta la había desconcertado. Probablemente a mí me hubiese sucedido lo mismo.

—Sí, creo que sí —dijo, por fin, un poco vacilante.

—Bien, entonces voy a decirte lo que espero de una amiga. Espero que cuando tenga problemas, me lo diga. Solo así podré ayudarla. Y tú tienes problemas. No puedes disimularlo. Supongo que tienen que ver con mi padre. Así que ¡ya estás empezando a hablar!

El corazón se me salía del pecho. Ahora o nunca: o nos convertíamos en verdaderas amigas o todo se acababa.

Flor me miraba incrédula. De pronto, empezaron a

contraérsele las comisuras de los labios. Bruscamente me puso el cucurucho con los ositos de goma en la mano, dio media vuelta y se marchó corriendo a los lavabos. Pero no lo hizo con la suficiente rapidez. Pude ver sus lágrimas.

Apoyé la espalda contra la pared.

—Eres una idiota, Ricarda Kaminski. ¡Boba e insensible!

Por mucho que renegase de mí misma, lo que había dicho ya no tenía marcha atrás. Me tomé mi tiempo para llegar a clase después de que sonase el timbre. Cuando ya no me fue posible aplazarlo más, entré.

Flor estaba sentada en su sitio e intentaba no mirarme. Tenía los ojos enrojecidos. Me senté a su lado. Me sentía absolutamente miserable. Por suerte solo nos quedaba una hora. No hubiese podido aguantarlo durante más tiempo.

Cuando Flor salió de la clase, el timbre aún estaba sonando. Recogí mis cosas. Así que eso era todo. Dos días amigas y se acabó.

Cuando la vi parada junto a la puerta de la verja, hubiera preferido dar media vuelta. Estaba apoyada an el muro, con los brazos cruzados y me miraba. ¿Me estaría esperando? Caminé despacio hacia ella. Mientras lo hacía no le quitaba los ojos de encima, ni ella a mí. Cuando estuve a un paso de ella, me quedé parada y la miré a los ojos. Fueron los segundos más largos de mi vida.

—Tengo que hablar contigo —dijo por fin.

—¡Gracias a Dios!

—¿Por qué?

—Ya pensaba que todo se había terminado entre nosotras.

Flor inspiró hondo.

—Si te soy sincera, he estado a punto. Pero entonces he comprendido que ha sido culpa mía.

—Yo no lo veo así, precisamente —repliqué.

—Da igual. Volvamos a clase.

—¿Por qué?

Flor me sonrió burlona.

—Porque es el único sitio donde no vamos a encontrarnos a ninguno de nuestros compañeros, ¡fijo!

—¿Todavía te quedan ositos de goma? —me preguntó, cuando nos sentamos en nuestro sitio.

Me saqué los cucuruchos del bolsillo y le di uno. Sabían incluso mejor que la cena de Amanda.

—Lo cierto es que no se trata de tu padre, sino de mi madre —empezó a decir Flor, de repente—. Trabaja en *El Ancla Dorada.*

—¡No es posible! —exclamé.

—Eso pensaba yo esta mañana. Pero es verdad.

—¿Y qué hace allí?

—Es camarera.

—¿Es cierto que allí juegan al póquer?

Flor se encogió de hombros.

—No lo sé. Mi madre ha insinuado algo alguna vez, aunque tampoco lo sabe con certeza. No le gusta demasiado trabajar allí. No le gustan ni los propietarios ni los clientes.

—Entonces, ¿por qué no se busca otro trabajo?

Flor se echó a reír.

—Porque no puede aspirar a otra cosa. Antes era equilibrista en un circo. Pero tuvo un accidente. Apenas le pasó nada, pero desde entonces tiene miedo. Y con miedo ya no puedes subirte en la cuerda floja.

Lo suponía.

—¿Por eso perdió su trabajo?

—No exactamente. El circo es como una gran familia y siempre hay algo que hacer. No se desprenden de alguien así como así. Al principio trabajó con un payaso, que era muy bueno pero que siempre tenía problemas con su disfraz. Mi madre dice que cuando se maquillaba él mismo, parecía el monstruo de Frankenstein. Así que comenzó a hacerlo ella. Debía de ser bastante buena, porque pronto todos los payasos qusieron que los maquillase, y entonces se inventó una caracterización especial para cada artista. Se convirtieron incluso en el distintivo del circo.

—¿Por qué lo dejó? —quise saber cuando interrumpió el relato.

—Cuando mi padre nos abandonó, no pudo soportar seguir en el circo. Él trabajaba allí. Además, quería ocuparse del abuelo. Intentó trabajar como maquilladora en el teatro. Pero sin diploma no tenía posibilidades. Por eso acabó siendo camarera. El sitio, donde trabajaba antes, le gustaba mucho. Solo que el local cerró hace un año. Desde entonces, trabaja en *El Ancla Dorada.*

—Si tu madre no tiene que ver con el juego, no tienes por qué tener miedo de que le pase nada —comenté.

—¿Estás segura? —dijo, mirándome—. Si hay algo podrido en el negocio, seguro que no podrá probar que no lo sabía.

—¿Por eso no querías contarme nada de tu familia?

Flor bajó la cabeza.

—Solo por eso no. Me daba vergüenza. La verdad es que no tenemos mucho dinero. Nuestra casa es bastante pequeña. Además, el barrio no es de lo mejor. Y tampoco tenemos asistenta. El abuelo trata de ocuparse de la casa, pero no se le da muy bien. Prefiere estar con sus amigos en el club de boxeo a quedarse en casa.

—¡Entonces es él quien te ha enseñado a boxear! —exclamé—. No tienes por qué avergonzarte. Nosotros tampoco tenemos una casa lujosa. Podemos permitirnos la asistenta, porque pide un sueldo bajo.

—Eso lo dices por decir algo —dijo Flor en voz baja.

—¿Sabes qué? —exclamé—. Esta tarde te vienes con nosotros. Así comprobarás que no vivimos en un palacio con criados.

Flor sacó el último osito de su cucurucho, hizo un gurruño con él y lo lanzó a la papelera como si fuese una pelota de baloncesto.

—¿A qué hora voy?

—Por favor, ¿puedes desordenar un poco? —le pregunté a Amanda, aún con la cartera en la mano.

Amanda levantó la vista de sus cartas.

—¿Has perdido un tornillo, Ricki? Creo recordar que tu padre me paga por lo contrario.

Levanté a Penélope, que estaba roncando a su lado, lo deposité con cuidado sobre el suelo y me senté junto a ella. Mientras le contaba la historia, Amanda no me interrumpió ni una sola vez.

—Supergaláctico —dijo cuando terminé, y se puso en pie—. ¡Prueba superada!

—¿Cómo?

—Toda amistad se pone a prueba tarde o temprano. Si se supera, es probable que la amistad dure para siempre. Lo vuestro ha sido asombrosamente prematuro, pero puedes estar segura de que tendrás una amiga para toda la vida.

Mientras observaba cómo arrugaba los cojines y esparcía periódicos por el suelo, deseé de todo corazón que Amanda tuviese razón.

—¿Vuestra asistenta tiene hoy el día libre? —preguntó Flor cuando le estaba enseñando nuestra casa. La verdad es que Amanda había hecho bien su trabajo.

—No, está en la cocina, pero no se lo toma muy a pecho. Como ves, nuestra casa no es tan fabulosa.

Flor hizo una mueca.

—Bueno, todavía no has estado en la nuestra.

De todos modos, cuando entré en la cocina con Flor, tuve la impresión de que Amanda había exagerado. Estaba de espaldas a nosotras, sentada a la mesa de la cocina, sobre la que se encontraba la bola de cristal.

—¿Es esta tu amiga Flor? —dijo sin mirarnos.

—¿Lo ha visto en su bola de cristal? —preguntó Flor, visiblemente impresionada.

Amanda se dio la vuelta.

—No, os he escuchado hablar afuera. En la bola de cristal solo veo mi cara. Pero la gente cree más en mis predicciones si tengo un chisme de estos delante de las narices. Por cierto, puedes llamarme Amanda.

Pasamos una tarde muy agradable, comimos el bizcocho que había preparado Amanda, quien habló de Sister X, y estuvimos jugando con Penélope. Es decir, nos turnamos para pasearlo en brazos por la casa.

—Me he enterado de que te interesa el trabajo del padre de Ricki, ¿cierto? —preguntó Amanda, de repente.

Flor estuvo a punto de dejar caer a Penélope.

—¿Cómo lo sabe?

—Me lo ha contado Ricki.

Inmediatamente pensé qué pretendería Amanda con aquello y cómo evitar que se pusiese a hablar sobre la madre de Flor. Pero mi amiga ya se estaba escamando.

—¿Qué le ha contado Ricki?

—Nada más —dijo Amanda, poniendo cara de inocente—. Solamente que te interesa el trabajo del señor Kaminski.

—Ah, ya. ¿Y qué?

—He pensado que quizá podríamos ir a visitarle.

—¿A qué viene eso, Amanda? —exclamé.

Amanda levantó las manos.

—Si no os apetece, me parece bien. Solo pensaba que podría resultarnos interesante.

La verdad es que la idea de Amanda no estaba tan mal. Supongo que esperaba averiguar alguna información sobre el caso en el que trabajaba papá y sobre los planes de Pauer. Y que una hija visitase a su padre, seguro que era la forma menos sospechosa de echar un vistazo por la comisaría.

—¿Crees que nos dejarán pasar como si tal cosa? —preguntó Flor.

—¿Por qué no va a poder ir una hija a visitar a su padre? —respondió Amanda—. Eso no es nada extraño.

¡Ya me parecía a mí! No me equivocaba.

Flor consultó su reloj.

—Ahora tengo que marcharme —dijo—. Tengo entrenamiento.

—¿Entrenamiento? ¿Qué entrenamiento? —indagué yo.

—Boxeo.

—Pero no me habías dicho nada.

—Se me había olvidado —añadió rápidamente Flor, y se puso en pie.

—¿No puedes dejarlo para otra ocasión? —preguntó Amanda.

Flor ya estaba en la puerta.

—¡No puede ser!

—¿Quieres que te lleve allí con Bubi? —le gritó Amanda.

—No está muy lejos. Es en el antiguo polideportivo del Parque Municipal. Puedo ir andando tranquilamente. Pero muchas gracias otra vez..., también por la comida. ¡Chao, hasta mañana!

Y desapareció por la puerta. Amanda la siguió con la vista, sacudiendo la cabeza.

—Si eso no ha sido una excusa, me como mi bola de cristal. Está claro que no quería ir a la jefatura de policía.

—¿Se lo has propuesto por eso? —quise saber—. ¿Para ponerla a prueba?

—No, no pretendía nada en concreto.

Por supuesto que no me lo creí, pero a pesar de ello tenía la sensación de que precisamente aquella propuesta había sido la causa de la precipitada marcha de Flor.

—¿Crees que sigue estando preocupada por su madre? —pregunté a Amanda.

—Tal vez, pero no es el único motivo. Hay algo más. Me gustaría saber de qué tiene miedo. Pero eso ya lo averiguaremos.

## VI

¿QUÉ HABÍA DICHO AMANDA? «¡Eso no es nada extraño!»

La verdad es que no habría resultado difícil visitar a papá en la oficina sin llamar la atención, siempre que Amanda no se hubiese empeñado en llevar consigo a Sister X.

Antes de salir, Amanda me dio instrucciones exactas sobre cómo debía colocarme en el asiento trasero de su moto. No sé de dónde lo sacaría, pero, de repente, tenía en la mano un segundo casco. ¿Habría planeado de antemano nuestro viaje con Bubi y por eso llevaba el casco? Quién sabe...

Como siempre que viajaba con Bubi, Sister X iba sentada en el sidecar. Amanda me había propuesto sentarme a su lado, pero yo preferí el asiento trasero, aunque me daba un poco de miedo. Como Amanda conducía con precaución y tuve ocasión de deleitarme con las caras de los viandantes, que nos contemplaban pasmados, enseguida se me pasó y me dediqué a disfrutar. Cuando llegamos a la jefatura, me hubiese gustado decirle a Amanda que pasase de largo.

—¡Imposible! —dijo el hombre de la recepción—. Usted no entra aquí con una oveja.

—Pero si es muy mansa —le replicó Amanda—. Seguro que no muerde a nadie.

—No se trata de eso. Aquí no se permiten ovejas.

—¿Eso dice su reglamento?

—¡No, lo digo yo!

—Puede usted llamar a mi padre —dije, tratando de zanjar la discusión—. Es el inspector Kaminski. Solo quiero hacerle una visita.

—Sé quién es tu padre. Y no tengo nada en contra de que le hagas una visita, ¡pero la oveja se queda fuera!

—¡No, viene conmigo! —exclamó Amanda—. Además, tiene un nombre. Sister X. Sepa usted que es una oveja muy especial. ¡Extraterrestre! Y ha sido testigo de un crimen.

El hombre se levantó y se inclinó hacia Amanda.

—De modo que la oveja es extraterrestre.

—Exacto. ¡Y un testigo!

—Con todos mis respetos, señora mía, ¿me toma por tonto?

—Llame usted al inspector Kaminski —dijo Amanda con perseverancia—. Él le dirá que puedo pasar con Sister X.

—De que voy a llamar puede estar segura —dijo el de recepción, y agarró el auricular.

Me pregunté por qué insistiría tanto Amanda en llevar consigo a Sister X. ¿Acaso planeaba algo que no me había contado?

Por suerte, papá se puso al teléfono inmediatamente.

—Sí, llamo de recepción, señor inspector —dijo el hombre—. Su hija está aquí. Quiere hacerle una visita. Y viene acompañada de una señora. Insiste en entrar con una oveja... ¿Conoce usted a la oveja? Pero ¡lleva gafas de sol!... ¿Y qué es esa bobada de que es extraterrestre?... También... también lo sabe. Pero no hay ningún... Sí, claro, señor inspector. Muchas gracias.

Colgó el auricular y sus ojos se quedaron fijos en él durante unos segundos.

—Pueden pasar... con la oveja —dijo por fin, taladrando con la mirada a Sister X.

Amanda pasó a su lado, orgullosa, y se dirigió a las escaleras. Sister X y yo la seguimos.

—Menos mal que pronto me jubilo —oí que el hombre decía en voz baja a mis espaldas.

Me pareció que papá se alegraba de verme. Respecto a Amanda y a Sister X, mantuvo a raya su entusiasmo.

—¿Por qué teníais que traer... a la..., traerla? —preguntó.

—Tiene su razón de ser —se limitó a responder Amanda, y me hizo un guiño. ¿Qué significaba aquello?

—De todas formas, iba a llamarte yo —me comentó él, pasando por alto la observación de Amanda—. Esta noche llegaré más tarde a casa. Así que no me esperéis para cenar.

Después de que tomásemos asiento y de que papá fuera a buscar unas limonadas y un pequeño cuenco de agua para Sister X, Amanda se puso a interesarse sobre su trabajo, hasta que por fin llegó al meollo de la cuestión.

—¿Por cierto, señor Kaminski, en qué está usted trabajando ahora?

Por desgracia, y excepcionalmente, mi padre estaba alerta. Enseguida me miró.

—¿A qué viene esa pregunta?

—No, por nada —dijo Amanda, con cara de inocente—. Solo que su hija ha comentado que estaba usted trabajando en un caso interesante.

—¡Ricarda! No debes hablar sobre mi trabajo.

—He leído en el periódico que la policía quiere acabar con el juego clandestino. ¿Se trata de eso?

Otra mirada de papá. Amanda me iba a poner en un aprieto.

—¡Usted lo sabe perfectamente! —exclamó papá—. ¿Por qué sigue preguntando?

—¿La cita que ha subrayado usted en rojo en su agenda, tiene algo que ver con eso? ¿Están planeando ustedes una redada en *El Ancla Dorada*?

Papá dio un respingo.

—¿Redada? ¿Cómo lo sabe?

En ese mismo momento, la puerta del despacho se abrió de golpe y el inspector Pauer entró precipitadamente.

—¿Qué ocurre aquí...? Ah, ¿no son estas su hija y su asistenta?

—Sí —respondió Amanda por papá—. También ha venido Sister X.

En cuanto vio a la oveja, el señor Pauer retrocedió, asustado, y estuvo a punto de chocar con Lily Lassalle, quien estaba en la puerta, detrás de él.

—No se asuste —dijo Amanda, levantándose—. Mientras no la haga enfadar, no le hará nada. Además, ya nos marchábamos.

—Me pareció escuchar algo... ¿de qué hablaban ustedes, exactamente? —preguntó el inspector Pauer, cuando ya estábamos en la puerta.

—Ah, pues de esto y aquello... Nada importante.

—Dime, ¿a qué venía esto? —le pregunté a Amanda mientras bajábamos las escaleras en dirección a la salida—. ¿Lo tenías todo planeado? ¿Cómo has sabido lo de la cita? Papá ha estado a punto de perder los nervios cuando lo has mencionado. A veces me das miedo.

—No tiene nada de particular, Ricki. Es pura lógica. Cuando tu padre ha dicho que tendría que trabajar hasta más tarde, he echado un vistazo a la agenda que estaba en su escritorio. Había una cruz roja enorme sobre las ocho. Así que debía tratarse de una cita importante. Y como ahora el caso de *El Ancla Dorada* es su caso más importante, he deducido que tenía algo que ver con ello.

—¿Y qué hay de la redada?

—No era más que una suposición, pero parece que he dado en el blanco. Tal y como ha reaccionado tu padre, seguro que tengo razón.

De pronto, me di cuenta de lo que estaba diciendo Amanda.

—Si de verdad es cierto, entonces... entonces también cogerán a la madre de Flor. Ella trabaja allí.

—Lo sé —dijo Amanda—. Pero será esta noche —miró su reloj—. Ahora son las cinco. Así que tenemos tiempo suficiente para hacer algo. Vayamos al polideportivo del Parque Municipal.

Como yo sabía dónde estaba el Parque Municipal, seguro que podría haber encontrado sola el antiguo polideportivo. Pero con Amanda y Bubi llegamos antes, casi demasiado deprisa, porque en esta ocasión no pude disfrutar del viaje como la primera vez.

Era una exageración llamar polideportivo a aquel lugar. De no haberlo sabido por Flor, nunca me habría imaginado que entre aquellos destartalados muros había alguien practicando deporte.

Seguramente, la última vez que limpiaron las ventanas y las lámparas del techo mi abuela aún iba a la escuela. Me costó un rato acostumbrarme a la tenue luz. Además, el olor a sudor y cuero me irritaba los ojos.

Había tres *rings* montados en la gran sala en la que aterrizamos Amanda y yo. En cada uno de ellos dos personas se pegaban una paliza con sus guantes de boxeo. Alrededor de los cuadriláteros había gente, desde niños de primaria hasta jubilados, y desde pantalones de chándal o chándales completos hasta americanas con corbatas. Sus gritos sonaban como si estuviesen animando a las figuras de un campeonato mundial.

Busqué a Flor, pero no la vi por ningún sitio. Pasé de un *ring* a otro y observé a todos los que estaban por los alrededores. Nadie parecía interesarse por mí o por Amanda. Seguramente se debía a que mis ropas no desentonaban en aquel lugar y a que Amanda había dejado a Sister X en el sidecar de la moto. Era el polideportivo del que nos había hablado Flor, ¿o nos habría mentido y no se encontraba allí?

—¡Julia, protégete el cuerpo! ¡Cuántas veces tendré que decírtelo, maldita sea! —oí decir a alguien a mis espaldas.

Me di la vuelta y observé el *ring* que tenía enfrente. ¡Allí estaba! Casi no la reconocí con los pantalones de boxeo y el casco protector en la cabeza.

En aquel instante, también ella me vio. Me dedicó una sonrisa y levantó la mano enguantada. Su oponente parecía haber estado esperando la ocasión. Su golpe fue a parar directamente al mentón de Flor. Salió disparada hacia las cuerdas y rebotó después, cayendo de bruces en el suelo.

De un salto, me colé en el *ring* y me agaché sobre ella. Amanda me seguía, lamentándose.

—¡Lo siento, Flor! ¡De verdad que lo siento! ¿Te has hecho daño?

—¿Qué significa esto? —oí que decía a mis espaldas la misma voz de antes—. *¿Te has hecho daño?* ¡Esto no es un ballet!

Flor me sonrió, molesta.

—Déjala en paz, abuelo. Son amigas mías.

Me di la vuelta. Detrás de mí había un hombre de pie. Llevaba una colilla en la comisura de la boca, que al parecer ya había echado raíces. Y el sombrero grasiento, la camisa de leñador y los pantalones bombachos seguro que habían conocido tiempos mejores. Evidentemente, se trataba del abuelo de Flor. Si hubiera tenido cincuenta años menos, hubiese ido afeitado y hubiera sido una chica, podría haber pasado por hermana de Flor.

—De modo que usted es el abuelo de Flor, el que la ha enseñado a boxear. ¿Ha sido usted boxeador? —pregunté.

Lo cierto es que la pregunta era innecesaria. Las orejas, despegadas de la cabeza como las hojas del nabo, y la nariz aplastada me lo estaban confirmando.

—¿Qué está pasando ahí, Tornillo? —gritó alguien—. ¿Qué es esto: una merienda campestre o un entrenamiento?

—¡Estamos haciendo una pausa! —gritó el abuelo de Flor.

—¿Tornillo? —le pregunté en voz baja a Flor, mientras la ayudaba a levantarse.

—Aquí todos llaman así al abuelo.

—¿Por qué?

—Ya te lo contaré más tarde.

Delante del *ring* había tres hombres de la edad del abuelo Tornillo, puestos en fila como los tubos de un órgano, mirándonos con interés. El más bajo llevaba una gorra de béisbol y unos vaqueros con la raya marcada, asegurados con cinturón y tirantes. El de en medio exhibía un chándal demasiado grande, mientras que el más alto se había acicalado como si quisiera ir a un baile.

—¿Desde cuándo necesitas una enfermera, Julia? —preguntó el de la gorra de béisbol.

—Cierra el pico, Günter —dijo el abuelo Tornillo—. No vayamos a tener que subirnos los dos al *ring*.

—¿Quiénes son? —pregunté a Flor.

—Son amigos del abuelo —contestó ella, mientras se quitaba el casco y los guantes—. El más bajo es Günter, el de en medio Willi y el alto se llama Walter. El abuelo y ellos prácticamente han nacido en el club de boxeo.

—Teníamos seis años cuando entramos aquí —dijo él, sin quitarle los ojos de encima a los guantes de Flor—. Por entonces íbamos juntos a la escuela.

—Vamos afuera —le susurré a ella, mientras el abuelo Tornillo guardaba los guantes y el casco en una bolsa de deportes—. Tenemos que hablar contigo.

Antes de que Flor pudiese decir nada, la cogí de la mano y me la llevé.

Por el rabillo del ojo vi que el abuelo Tornillo nos seguía a una distancia prudencial. Amanda iba dos pasos más atrás. A la luz del día se veía claramente la huella que había dejado el golpe sobre la barbilla de Flor.

—Siento mucho lo de antes —dije inmediatamente.

—Ha sido culpa mía —replicó Flor—. Me descuidé.

—Por eso. Aunque en este momento eso no tiene importancia. Tengo que hablar contigo sobre tu madre.

Flor me miró igual que la primera vez que le había preguntado por su familia.

—¿Qué pasa con mi madre?

Quise contestarle, pero Flor se puso el índice sobre los labios.

—¿No te gustaría boxear? —oí decir a la voz que ya me iba resultando familiar.

Me reí.

—¡No! Con mi constitución no tendría mucho sentido.

El abuelo Tornillo ladeó la cabeza, chupó su colilla y me observó de arriba abajo y de abajo arriba.

—El peso no es ningún inconveniente —opinó—. Solo es cuestión de categoría. ¿Qué tal andas de reflejos?

Günter, Willi y Walter también nos habían seguido. Se quedaron parados a cierta distancia, otra vez colocados en fila, y nos observaron con curiosidad.

—¿Estás haciendo nuevos fichajes? —exclamó Willi, y hundió las manos hasta los codos en los bolsillos de su chándal.

—¡Abuelo! —exclamó Flor—. ¡Ya has oído que Ricki no quiere boxear!

—Además, no tenemos tiempo para chiquilladas. Pegarse una paliza no tiene sentido en la vida civilizada. ¡Es una barbaridad!

El abuelo Tornillo se dio la vuelta.

—¿Qué clase de espantapájaros es usted?

—Mi nombre es Amanda X. Soy vidente, médium y espiritista. Además, soy la asistenta del señor Kaminski y de su hija.

El abuelo Tornillo se giró y se golpeó la sien con el índice.

—No os peleéis ahora, en este momento no hay tiempo para eso —exclamé—. Después de todo se trata de la madre de Flor. ¿O es que quieres que acaben deteniéndola?

—Claro que no —dijo Amanda, bajando la cabeza, aunque no dejaba de lanzarle miradas envenenadas al abuelo Tornillo.

Flor me tiró del brazo con tanta brusquedad, que por primera vez comprobé la fuerza que tenía.

—¿De qué estás hablando?

—La policía tiene planeada una redada en *El Ancla Dorada* para esta noche, a las ocho —dije, mientras me frotaba el hombro—. Y si no avisamos a tu madre, podrían implicarla.

—¿Cómo lo sabes? —exclamó el abuelo Tornillo.

—Su padre es inspector —dijo Flor—. Ya te lo he contado.

—Ah, esta es la amiga que tiene un padre de la pas..., policía. ¿Te lo ha contado tu padre?

—No, pero yo lo sé.

El abuelo se volvió hacia sus amigos.

—¡Eh, chicos! ¡Venid aquí!

Al momento, se acercaron los tres.

Walter se colocó la corbata y le hizo una ligera reverencia a Amanda. Era patente que a ella le agradaba aquello.

—¿Habéis oído algo sobre una redada en *El Ancla Dorada*? —les preguntó el abuelo de Flor.

Los tres se miraron durante un instante y después hicieron un gesto negativo con la cabeza.

—¿Redada? *¿El Ancla Dorada?* —repitió Walter y carraspeó—. No nos ha llegado esa información.

—Ya lo oís —dijo el abuelo Tornillo—. No hay ninguna redada. Así que continuemos con el entrenamiento.

—¿Por qué está usted tan seguro? —exclamó Amanda.

Günter esbozó una sonrisa irónica de oreja a oreja.

—Tenemos nuestros contactos.

—¡Nosotras también! —exclamé yo—. Debería hablar por lo menos con la madre de Flor.

—La chiquilla tiene razón —comentó Willi—. Nosotros nos enteramos de bastantes cosas, pero no de todas.

—Por favor, abuelo —suplicó Flor—. Déjanos ir a casa para contárselo a mamá. Así podrá decidir qué hacer.

—Por mí —dijo el abuelo, resoplando, y echó un vistazo a su reloj—. Gerda se marcha a trabajar dentro de una hora. ¿Tiene usted coche? —le preguntó a Amanda.

—No, solo una moto.

—Yo no me monto en ese endiablado chisme. Y Julia tampoco.

—¡Por favor, abuelo! —suplicó Flor—. ¡No puedo ir andando!

—Puede ir en el sidecar con Sister X. Además, llevo un casco de sobra.

El abuelo Tornillo contempló a Amanda, mientras paseaba su colilla por la boca.

—Está bien, pero yo voy en bicicleta. Iré igual de rápido.

Amanda le sonrió burlona.

—Supergaláctico: una carrera. Así podrá demostrar lo que vale, abuelito.

## VII

TODAVÍA ESTABA YO colocándome el casco, y Flor estrujándose para sentarse en el sidecar junto a Sister X, cuando el abuelo Tornillo pasó volando a nuestro lado, agachado como un ciclista de carreras, entre el griterío de sus amigos.

—Si sigue así, seguro que irá más rápido que nosotras —dije, mientras le seguía con la mirada.

Amanda estaba tranquila.

—No te preocupes. Lo conseguiremos.

Cuando por fin estuvimos cómodas y seguras, Flor nos indicó la dirección. Amanda puso en marcha a Bubi y salimos lanzadas.

Al poco rato adelantamos al abuelo Tornillo. Me habría gustado tener una cámara para fotografiar su cara cuando descubrió a Sister X en el sidecar.

A pesar de que el motivo de nuestro viaje no era muy agradable, disfruté de él. De vez en cuando echaba una mirada de reojo a Flor, pero ella no dejaba de observar intermitentemente a Sister X y a la calzada, con el rostro imperturbable. Seguro que no resulta muy cómodo ir sentado junto a una oveja en un sidecar, pero no era ese el motivo de que no disfrutase del viaje con Bubi.

La verdad es que el barrio al que llegamos no era el mejor. Las casas estaban mucho más juntas unas de otras que en el nuestro, sus fachadas eran mucho más oscuras y no había tantos jardines.

Yo notaba cómo mi amiga me miraba de vez en cuando, pero traté de hacerme la distraída.

Por fin, Amanda se detuvo ante un gran edificio de viviendas. Flor saltó inmediatamente fuera del sidecar y, sin preocuparse por nosotras, corrió hacia el portal y abrió. Amanda y yo la seguimos.

Los Wolff vivían en uno de los pisos superiores. Cuando Amanda y yo andábamos por el tercer piso, resoplando y quejumbrosas, escuchamos sobre nosotras un ruido de llaves. Realmente el boxeo proporcionaba una buena condición física.

La puerta de la casa de los Wolff estaba abierta de par en par. Estuvimos dudando un momento, pero después Amanda y yo seguimos a Flor. La casa no era muy grande, pero estaba bien amueblada. Me pregunté por qué Flor no habría querido llevarme antes allí.

—¡Mamá! —la oí llamar—. ¡Mamá! ¿Estás aquí?

Poco después salió de una habitación y se reunió con nosotras en el recibidor.

—Ya se ha ido —nos comunicó en voz baja—. Normalmente suele marcharse media hora más tarde. ¿Por qué se habrá marchado hoy tan temprano?

—Tal vez haya ido a hacer algún recado antes y vuelva enseguida —dijo Amanda.

Flor sacudió la cabeza.

—No está el bolso que siempre se lleva al trabajo. ¿Por qué no me habrá hecho caso?

—¿Qué quieres decir? —le pregunté.

—Estuve hablando con ella —contestó Flor—. Le hablé sobre tu padre y su nuevo caso. Y le pregunté si no podría buscar trabajo en algún otro sitio. Pero no quería. Piensa que no va a encontrar otro. ¡Y a lo mejor, ahora la detienen!

Sus labios empezaron a temblar al pronunciar la última frase. Corrí hacia ella y la cogí del brazo.

—Seguro que no la detienen —dije, tratando de consolarla—. No ha hecho nada malo.

—Además, aún es temprano. Vayamos a *El Ancla Dorada.* Seguro que allí podemos hablar con ella sin llamar la atención —concluyó Amanda.

—¿No sería mejor llamarla? —pregunté.

—No, no podemos hacer eso —se apresuró a decir Amanda—. La policía nos metería inmediatamente en el ajo. Podríamos incluso ir a la cárcel, y no hablemos del disgusto de tu padre. Debemos ocuparnos únicamente de la señora Wolff. Ella no ha cometido ningún delito. Lo demás no nos importa.

—¿No deberíamos esperar al abuelo? —preguntó Flor, cuando ya estábamos sentadas dentro de Bubi.

—Seguro que nos lo encontramos por el camino —comentó Amanda, y puso en marcha su vieja Harley.

Amanda tenía razón. Dos minutos más tarde nos cruzábamos con el abuelo Tornillo en su bicicleta. Seguía pedaleando rápido, a pesar de que su cabeza colorada relucía desde lejos. Amanda se detuvo a su lado.

—¡Mamá ya se ha marchado al trabajo! —gritó Flor, antes de que su abuelo pudiese decir nada—. ¡Ahora nos vamos a *El Ancla Dorada* a buscarla!

El abuelo Tornillo quiso contestar a su nieta, pero Amanda ya había vuelto a acelerar. Cuando volví la cabeza, aún pude ver cómo giraba su bicicleta y nos seguía.

Cuanto más nos aproximábamos a *El Ancla Dorada*, más nerviosa me ponía. Amanda no conducía precisamente despacio, pero a pesar del viento en contra podía escuchar claramente los latidos de mi corazón.

En realidad no había razón alguna para estar nerviosa. Nos quedaba tiempo de sobra. Sencillamente entraríamos en el local y le pediríamos a la señora Wolff que se viniese con nosotras. Ni siquiera tendríamos que decirle el porqué.

Así yo no tendría motivo para sentirme culpable ante papá. Al fin y al cabo, la señora Wolff no había hecho nada malo. No íbamos a poner sobre aviso a los verdaderos culpables, si es que los había. Aun así, tenía miedo de que algo pudiese salir mal.

Cuando avistamos *El Ancla Dorada*, me di cuenta de que existen los malos presagios.

Desde lejos ya se veían los coches patrulla. Estaban apostados con sus parpadeantes luces azules ante la entrada de *El Ancla Dorada* y al otro lado del local.

Amanda se detuvo inmediatamente.

—No es posible. ¡Hemos llegado demasiado tarde!

Miré a Flor. Estaba blanca como la cal.

—Pero, pero si ni siquiera son las ocho... —balbuceó, mientras sus ojos volvían a empañarse.

—¡Vayamos allí! —le dije a Amanda—. Podemos explicarles a los policías que....

—Eso sería un error —me interrumpió ella—. Echarnos directamente en brazos de tu padre o de ese fanfarrón de Pauer sería lo peor que podríamos hacer. ¿Cómo les explicaríamos qué estábamos haciendo aquí?

—¡Están saliendo! —exclamó Flor, incorporándose de un salto. A punto estuvo de darle un empujón a Sister X y tirarla del sidecar.

Efectivamente, las puertas de *El Ancla Dorada* se abrieron y salieron a la calle policías uniformados y civiles. Desgraciadamente, estábamos demasiado lejos para reconocer de quién se trataba.

—¿Está tu madre entre ellos? —le pregunté a Flor.

—¡No lo sé! —dijo, desesperada—. Están demasiado lejos.

En ese instante también se abrieron las puertas de los coches patrulla. Se marcharon con la luz azul encendida, pero sin la sirena. Todo había sucedido en un minuto escaso.

—¡Tengo que entrar ahí! —exclamó Flor—. ¡Quiero saber si mi madre sigue dentro!

—Eso no puede ser —replicó Amanda, nuevamente—. Aunque los coches patrulla se hayan marchado, puede ser que el señor Kaminski o sus colegas sigan ahí. No podemos arriesgarnos.

—¿Y entonces qué vamos a hacer? —pregunté—. ¿Quedarnos por aquí y esperar?

Amanda puso en marcha a Bubi.

—No, nos vamos a la jefatura de policía. Quizá allí averigüemos algo más. Será mucho más prudente que intentarlo aquí.

Flor y yo no replicamos. Tampoco tuvimos ocasión de hacerlo, puesto que Amanda ya se había puesto en movimiento.

Al poco rato vimos al abuelo Tornillo. Pero esta vez iba más despacio. Cuando nos detuvimos a su lado, resoplaba como una morsa.

—¿Y ahora qué pasa? —consiguió decir, a duras penas—. Pensaba que ibais a *El Ancla Dorada.*

—¡Ya hemos estado allí, abuelo! —exclamó Flor—. Pero la policía había llegado antes. ¡Ahora vamos a la jefatura para ver si se han llevado a mamá!

—Si usted quiere, puede ir detrás de nosotras —propuso Amanda, y aceleró.

—¡No podréis hacerlo sin mí! —nos gritó el abuelo Tornillo, pero Amanda ya estaba girando por una esquina.

Me fue imposible ver si el abuelo de Flor daba la vuelta para seguirnos.

Amanda se detuvo en una bocacalle, al lado de la jefatura de policía.

—Será mejor que entres tú sola —me dijo—. Puedes decir que vienes a buscar a tu padre, o invéntate cualquier otra excusa. ¡Pero, sobre todo, trata de hablar con él!

Por suerte, en recepción había un hombre distinto al de la tarde. En cuanto le expliqué que quería hablar con papá por un asunto familiar urgente, se mostró dispuesto a llamarlo. Marcó el número de teléfono y me puso el auricular en la mano. Me alegré de que fuese papá mismo quien respondiera después de varios tonos de llamada.

—¿Sí? ¿Kaminski?

—Soy yo. Tengo que hablar contigo.

—¡Ricarda! ¿Qué estás haciendo aquí? Creí que estabas en casa, con Amanda.

—Ya te lo explicaré más tarde. Por favor, baja a recepción. Tengo que hablar urgentemente contigo.

—Pero ¿por qué?

—¡Por favor, papá! —volví a exclamar por el auricular, y colgué. Con aquel «¡Por favor, papá!» no le quedaría más remedio que bajar. De eso estaba bien segura.

Un par de minutos más tarde ya lo tenía delante, sin aliento.

—¿Qué sucede? Tengo que volver. En estos momentos estamos muy liados por el asunto del juego clandestino.

—Por eso estoy aquí, papá. Sé que habéis hecho esta tarde una redada en *El Ancla Dorada.*

—¿Cómo sabes...?

—Ya te lo contaré más tarde —le interrumpí—. Primero dime si habéis detenido a una tal señora Wolff, por favor.

—¿Wolff? —repitió papá—. ¿No se llama así tu nueva amiga, de la que me hablaste?

—¡Sí! ¡Pero ahora dime qué pasa con la señora Wolff!

Papá se encogió de hombros.

—No lo sé. Acabo de redactar la lista con los nombres que me han pasado mis compañeros. Allí no figura ninguna señora Wolff.

—¿Estás completamente seguro, papá?

—Sí, seguro —respondió sin titubear.

Salté sobre él y le di un beso en la mejilla.

—¡Gracias, papá!

—De nada..., pero ¿qué significa esto?

—¡Ya te lo contaré esta noche! —le grité, mientras echaba a correr—. Ahora tengo que marcharme. ¡Hasta luego!

En cuanto le comuniqué la buena noticia, Flor se lanzó sobre mí para abrazarme.

—¿Y está completamente seguro? —preguntó tres veces.

—¡Sí! Él mismo ha redactado la lista con los nombres.

—Solo hay dos explicaciones posibles para eso —dijo Amanda, con calma—. O bien sigue en *El Ancla Dorada* o se ha escabullido de la policía. No me apetece demasiado volver al local para echar un vistazo, pero podríamos intentarlo en casa de los Wolff.

—¿A qué estamos esperando? —exclamó Flor, y le plantó un gran beso a Sister X entre las orejas.

Al abuelo Tornillo nos lo volvimos a encontrar prácticamente en el mismo sitio que antes. Estaba sentado en el bordillo de la acera, apoyado sobre una farola y moviendo la colilla de un lado a otro entre sus labios.

—¡No han detenido a mamá! —le gritó Flor—. ¡Ahora nos vamos a casa para ver si está allí!

El abuelo se puso en pie. Seguramente quería decir algo, pero Amanda pasó de largo.

Cuando entramos en la casa de Flor, yo estaba mejor preparada que la primera vez. Así que al llegar Flor a su piso, no había más que un tramo de escaleras de distancia entre nosotras. Se puso a rebuscar frenéticamente en el bolsillo, sacó la llave y la metió en la cerradura con manos temblorosas.

—Dame —le dije, quitándole la llave de la mano—. Yo abriré por ti.

Apenas lo hube hecho, Flor empujó la puerta de la casa y entró precipitadamente.

—¡Mamá! ¡Mamá! ¿Estás aquí?

Echó a correr por el recibidor y desapareció en una habitación. Yo corrí tras ella. Cuando giré por una esquina, casi la atropello. Estaba justo detrás de la puerta, contemplando un sofá, perpleja. Allí había una mujer sentada, que al parecer era su madre, con un ovillo de lana, dos agujas de punto y un chal a medio hacer.

—¿Por qué gritas de ese modo, Julia? —preguntó—. ¿Y por qué vienes tan tarde? Ya estaba empezando a preocuparme.

—¿Que *tú* estabas preocupada? —exclamó Flor—. ¿Qué te crees, que yo no lo estaba?

—Pero ¿por qué? —preguntó la señora Wolff, sonriéndole a su hija.

## VIII

—¡PERO, MAMÁ! —exclamó Flor—. ¿No sabes lo que ha pasado?

La madre se levantó.

—¡Por el amor de Dios, Julia! ¿Le ha pasado algo al abuelo?

—¡No! ¡A *El Ancla Dorada*! La policía ha estado allí y han hecho una redada. ¡Y yo tenía miedo de que te hubiesen detenido!

La señora Wolff se dejó caer de nuevo sobre el sofá.

—No es posible —dijo, bajando la voz.

Flor se sentó en un sillón, haciéndonos un gesto a mí y a Amanda, quien entretanto había conseguido subir todos los escalones, para indicarnos que nos sentásemos también.

—Por cierto, esta es mi amiga Ricki —dijo Flor—. Ya te he hablado de ella.

—Tu padre es policía, ¿verdad? —preguntó la señora Wolff, mirándome de un modo extraño.

—¡Y yo me llamo Amanda X! —intervino Amanda—. Soy vidente, médium y espiritista, y asistenta de los Kaminski.

La señora Wolff asintió con la cabeza.

—Julia me ha hablado de usted. Pero ahora, por favor, dime qué es lo que ha pasado esta tarde.

Como si hubiese pulsado un botón en lo más hondo de su hija, la historia brotó de boca de Flor, sin puntos ni comas.

Una vez hubo acabado, la señora Wolff se levantó del sofá, sin decir una sola palabra, se dirigió a la ventana y se puso a mirar por ella. Después de un buen rato, se volvió de nuevo hacia nosotras y me miró.

—Entonces, tengo que darte las gracias...

—¡Ricki! Puede llamarme Ricki.

—Sí, gracias. Muchas gracias, otra vez, y también a usted, señora... X.

—No tiene importancia —dijo Amanda, sonriendo encantada—. Además, no hemos hecho nada.

—Con la intención, basta.

—¿No sabías nada de la redada? —preguntó Flor.

—No, lo que pasa es que he tenido una suerte increíble. Por eso me he ido hoy más temprano a *El Ancla Dorada,* antes de que abriese. Quería despedirme. Y lo he hecho. Les he tirado los trastos a los pies y les he dicho que no volvería más. Después me he venido enseguida a casa. No habremos coincidido por un par de minutos.

—¿Por qué se ha despedido usted? —preguntó Amanda.

—Eso debo agradecérselo a mi hija. Ayer me abrió los ojos. Aunque nunca he sabido con exactitud lo que estaba pasando en *El Ancla Dorada,* tenía claro que no se trataba de algo demasiado limpio. Julia me hizo pensar en ello. De modo que hoy he decidido despedirme. Quería darles la sorpresa a Julia y a mi padre esta noche.

—¡Y lo has conseguido! —exclamó Flor y, por fin, se echó a reír.

—Bueno, todo está en orden y podemos regresar a casa. Tengo que atender a Sister X y a Penélope —dijo Amanda y se levantó—. Vamos, Ricki.

—Vengan ustedes mañana por la noche a cenar con nosotros —dijo la señora Wolff, cuando ya estábamos en la puerta—. Quisiera mostrarles mi gratitud por las molestias que les he causado.

—¿Puede venir también el padre de Ricki? —exclamó Flor—. ¡Es muy simpático! —añadió, cuando su madre la miró con gesto interrogante.

—Claro. Por qué no —respondió ella, algo insegura, según me pareció.

Flor nos acompañó hasta Bubi.

—Si a tu madre no le parece bien que venga papá...

—No te lo tomes tan en serio —se rió Flor—. Mamá siempre reacciona de forma un poco extraña cuando se trata de policías.

—¿Y eso por qué?

—Ya te lo contaré algún día.

El abuelo Tornillo aún seguía sentado bajo la farola. Entretanto, ya había anochecido. Su colilla brillaba de lejos.

Amanda se detuvo junto a él.

—Su hija y su nieta están en casa. Y nosotras también nos marchamos. Ha sido un día agotador. Me parece que también usted debería irse a casa.

El abuelo Tornillo se incorporó de un salto.

—¡Muchas gracias! ¡Es muy amable de su parte que me permita irme a casa! ¿No le gustaría perseguirme más veces por toda la ciudad? ¡Me ha hecho *muchísima* gracia!

Dicho esto, dio rápidamente la vuelta a su bicicleta, se puso a pedalear y se alejó lanzando improperios.

—Está bastante enfadado con nosotras —comenté.

—Qué va —respondió Amanda, y me sonrió burlona—. Solo lo parece.

Cuando llegué a casa, papá aún no estaba allí. Los interrogatorios, o lo que hiciesen en jefatura, parecían durar más de lo habitual. Me daba igual. Ahora ya no tendría que preocuparme más por *El Ancla Dorada.* Me tumbé en la cama y me dormí de inmediato.

Al día siguiente, Amanda tenía el día libre. Aún era bastante temprano cuando me desperté. La verdad es que me habría gustado quedarme más rato en la cama, puesto que era sábado.

A pesar de ello, me levanté para preparar el desayuno. Quería darle una sorpresa a papá. Al fin y al cabo, habíamos estado poniendo a prueba su paciencia y sus nervios.

Cuál no sería mi asombro, cuando al llegar a la cocina me lo encontré sentado frente a la mesa puesta con el desayuno.

—¿Ya estás despierto? —le pregunté.

—No, *aún* estoy despierto. Apenas hace una hora que he llegado a casa. Pero quería hablar contigo antes de acostarme.

—¿Qué ocurre?

—¿Y lo preguntas? —exclamó él—. Quisiera saber qué significa lo de ayer. ¿Por qué fuiste a jefatura con Amanda y con esa extraña oveja? ¿Y qué tiene que ver todo eso con esa tal señora Wolff?

—Es muy sencillo. La señora Wolff es la madre de Flor.

—Eso ya lo sé —me interrumpió papá.

—Pero lo que no sabes es que trabajaba como camarera en *El Ancla Dorada.* Teníamos miedo de que pudiese verse envuelta en vuestro asunto. Por eso queríamos avisarla.

Papá dio un respingo.

—¡Ricarda! No habrás....

—¡Tranquilízate, papá!, no ha sido necesario. Se despidió ayer. Ni siquiera estaba allí cuando hicisteis la redada.

—¡Redada! —exclamó—. Cómo suena eso. ¡Esto no es el cine! Se trataba de un registro.

—Da igual cómo se llame. En cualquier caso, estuvisteis allí y habéis detenido a gente. Flor tenía miedo de que también detuviesen a su madre, aunque ella no sabía nada sobre el juego clandestino. Por cierto, ¿lo había?

—Eso parece —asintió papá—, pero va a ser difícil demostrarlo.

De pronto, se levantó y se puso en cuclillas delante de mí.

—Ahora, por favor, repíteme otra vez que no has avisado a la señora Wolff de nuestra operación, Ricarda. Y mírame a los ojos.

—¡Papá! ¿A qué viene esto? ¿Es que no me crees?

—Dímelo, Ricarda, ¡por favor!

Me incliné hacia él, lo miré fijamente a los ojos y dije:

—No he avisado a la señora Wolff..., y Flor y Amanda tampoco.

Papá volvió a incorporarse.

—¡Gracias a Dios! Si hubieras sido tú, no quiero ni pensarlo.

—¿De qué estás hablando?

Papá se rascó la cabeza.

—Ha habido problemas, sobre todo con Pauer. ¡Con quién si no! Después de que hubieseis estado conmigo, estuvo comentando más o menos con todo el mundo que yo había hablado con vosotras sobre nuestra operación, y que incluso os había revelado alguna cosa. Debió de oír algún retazo de nuestra conversación y lo interpretó así. En cualquier caso, ordenó adelantar la operación.

—¡Ah, por eso estabais ya allí! —exclamé—. ¿Entonces, la sospecha de Amanda acerca de la señal roja era cierta?

Papá asintió con la cabeza.

—¡Me ataca los nervios! Pero no tiene un pelo de tonta.

—Pero Pauer estaba equivocado —dije yo—. Hicisteis vuestra operación sin problemas. Así que todo está en orden, ¿no?

—Desgraciadamente, no —suspiró mi padre—. La verdad es que todo indica que alguien avisó a los propietarios de *El Ancla Dorada*. Excepto un plano con dibujos, que espero que pueda sernos útil, se han deshecho de todas las pruebas.

—¿Y si no son culpables?

—No, en el fondo Pauer tiene razón. Allí había cosas

que no cuadraban. Lo sé ahora, después de haber visto el local y a los dos tipos. Ahora la cuestión es si vamos a poder probarlo. Aunque hay algo que no comprendo. Parece ser que los dos desaparecieron después de que alguien los avisara, pero luego volvieron. ¡Cuando uno quiere escabullirse de la policía, no se hace eso! —papá se quedó mirándome—. ¿Seguro que no habéis sido vosotras?

—¡Seguro que no!

Papá asintió con la cabeza.

—Te creo, tesoro. Ojalá. Pauer no monte un escándalo. Sigue pensando que yo os conté algo.

Me quedé mirándolo, mientras salía de la cocina arrastrando los pies. La misma imagen que después de la pelea con Pauer. Realmente, papá se había equivocado de profesión.

—¡La señora Wolff nos ha invitado a cenar esta noche! —grité a sus espaldas—. ¿Vas a venir?

Papá se volvió una vez más.

—¿Quieres que vaya?

—¡Claro! La señora Wolff es muy simpática.

Cuando me aseguré de que estaba durmiendo, cogí la guía de teléfonos y me puse a buscar el número de Flor.

El abuelo Tornillo se puso al teléfono y me sobresalté. Pero enseguida llamó a Flor y se mostró considerablemente amable, al menos no volvió a refunfuñar a causa de la carrera ciclista que se había visto obligado a realizar.

—¿Has dormido bien? —escuché que decía mi amiga al teléfono.

—Yo sí, pero mi padre ha llegado hace poco a casa. Anoche hubo jaleo. Alguien debió de avisar a los dueños de *El Ancla Dorada.* Al parecer se largaron, pero después volvieron. Y la policía los pilló.

—¿No pensará tu padre que los llamamos nosotras? —me interrumpió Flor, asustada.

—No, le he dicho que no tenemos nada que ver con eso.

—¿Y mi madre?

—No, tampoco. Después de todo, ella no sabía nada. Solo su colega, ese inspector Pauer, piensa que tenemos algo que ver con ello. Parece que está bastante molesto. Aunque, por suerte, han encontrado algunos documentos como prueba. Así que no es tan grave. Dentro de un par de días estará todo olvidado.

—A pesar de eso, me gustaría saber quién ha avisado a los de *El Ancla Dorada* —opinó Flor.

—Seguro que a papá también. ¡Si pudiera ayudarle! Quizá a Amanda se le ocurra alguna idea. La pena es que hoy es su día libre.

—¿Y si vamos a verla? —preguntó Flor.

—¿Por qué no? Tú no has estado allí. Tienes que verlo.

—¡Es enorme! —exclamó Flor, levantando la vista para contemplar la casa de Amanda—. ¿Y vive sola ahí dentro?

—Que yo sepa, sí —respondí.

Después de que Flor se hubiese divertido un rato a costa del rótulo con el que se anunciaba Amanda, entramos por fin.

Ahora que tenía conmigo a Flor y que ya conocía a Amanda, me sentía con más ánimos que durante mi primera visita. Mientras subíamos a la vivienda, fui comprobando las puertas de todos los pisos. Estaban cerradas y no se escuchaba nada tras ellas.

Solo la puerta de la casa de Amanda estaba abierta, igual que la primera vez. Me asomé con sigilo y la llamé. Como no contestaba nadie, entré.

—Parece que no está en casa —le dije a Flor, quien seguía en la puerta—. Pero entra.

—¿Podemos?

—Seguro que a ella no le importa.

Efectivamente, Amanda parecía no estar en casa. Por lo menos no estaba en ninguna de las habitaciones, cuyo interior se veía desde el recibidor. Conduje a Flor hasta la biblioteca y le enseñé la pradera de Sister X. Mi amiga se quedó con la boca abierta.

—Parece que Sister X tampoco está —dijo—. Seguro que Amanda se la ha llevado consigo.

Tuve que reírme.

—A lo mejor se ha ido con ella a ver al profesor que se cree un canario.

En medio de nuestras carcajadas, un grito cortó el silencio de la casa.

## IX

FLOR Y YO NOS CONTEMPLAMOS durante un segundo y después echamos a correr. Casi atropello a Amanda en la puerta que daba al recibidor.

Dio un grito y se llevó la mano al pecho.

—¡Santo Cielo, me habéis asustado!

—¿Has oído ese grito, Amanda? —exclamé—. ¿O has sido tú?

Amanda se echó a reír.

—No, ha sido Eleonore. Se le ha derramado el té caliente dentro del escote, por eso ha chillado. Precisamente ahora iba a la cocina a coger un poco de agua fresca.

—¿Eleonore? —preguntó Flor—. ¿Es uno de tus animales?

—Podría decirse así —comentó Amanda, reprimiendo una carcajada—. Esperadme aquí. Enseguida os la presento.

Se marchó a la cocina y volvió poco después con un pequeño cuenco de agua y una manopla de baño. La seguimos hasta una habitación, cuya puerta nos habíamos encontrado antes cerrada. La habitación estaba vacía, exceptuando un par de candelabros con velas en una de las paredes y una gran mesa en el centro. Las cortinas estaban echadas y las velas flameaban en sus candelabros.

Cuando me acostumbré a la tenue luz, reconocí a Sister X, que estaba en un rincón y nos miraba a través de sus gafas de sol. También Penélope debía encontrarse en alguna parte de la habitación, puesto que oí un ligero ronquido. Entonces vi tres figuras sentadas a la mesa. Eran tres mujeres. Una de ellas era bajita y gorda, la otra alta y delgada. La tercera llevaba puesto un vestido con un profundo escote y un sombrero que estaba adornado con un campo entero de flores. Mientras se levantaba para saludarnos, no dejaba de limpiarse con un pañuelo por todas partes. Aquella debía de ser Eleonore.

Cuando Amanda le ofreció el agua, sumergió dentro la manopla y se la colocó, con un gesto de agradecimiento, dentro del escote de su vestido.

—Estas son Hedwig y Elsbeth —dijo Amanda, señalando a la gorda bajita y a la alta y delgada—. Elsbeth regenta un salón de belleza para perros, y Hedwig, una pensión para gatos. Una vez, Penélope pasó allí las vacaciones. Por cierto, Hedwig y Elsbeth son mellizas.

—¿Mellizas? —me asombré.

—Sí —se rió la más bajita de las dos—. Dos óvulos. Lo que a Elsbeth le sobra de largo, lo tengo yo de ancho.

—Y esta es Eleonore, la que ha gritado —añadió Amanda, sonriendo satisfecha—. Su nombre completo es Eleonore, baronesa de Hoppenstedt, una auténtica aristócrata.

La mujer con la manopla en el escote hizo una ligera reverencia y sonrió, un poco avergonzada.

—¿Y tiene usted un palacio? —preguntó Flor.

—Sí que lo tengo, querida niña —contestó Eleonore

de Hoppenstedt, condescendiente—. Aunque yo no lo llamaría palacio. Es una pequeña y agradable mansión, que hizo construir uno de mis antepasados en el siglo dieciocho.

—Está bien eso de pequeña mansión —opinó Amanda—. ¡Más o menos veinte habitaciones y otros tantos criados!

—¿Y quiénes son estas dos jóvenes damas? —se interesó Eleonore.

—Esta es Ricki, la hija de mi nuevo patrón, y su amiga Julia.

—Flor —puntualizó esta.

—¡Flor! —se alegró Elsbeth, la alta—. Un nombre muy bonito.

—¿Qué estáis haciendo? —pregunté.

—Mi hermana Elsbeth, Eleonore y yo formamos parte del círculo de Amanda.

—¿Qué círculo?

—Organizamos supergalácticas sesiones de espiritismo —se rió Amanda—. Otros celebran tertulias de café; nosotras, sesiones de espiritismo. De vez en cuando nos reunimos y charlamos un poquito con los difuntos.

—¿Podéis hacerlo?

Amanda miró asombrada a mi amiga.

—Claro. ¿No has leído el rótulo que está en la puerta? ¡Al fin y al cabo soy médium! Hoy hemos hablado con el padre de Elsbeth y Hedwig.

—¿Y qué ha dicho? —pregunté yo, mientras trataba de dominar ese temible cosquilleo en la barriga que siempre me entra antes de soltar la carcajada.

—Era un buen tipo. Hoy, por fin, ha recuperado su arpa. Hace algún tiempo se la robó otro ángel.

—¡No me cabe en la cabeza que eso sea cierto, Amanda! —exclamó Hedwig.

—¿No cree que su padre sea un ángel con arpa? —preguntó Flor.

—Sí, pero no me refiero a eso. Lo que no puedo imaginarme es que otro ángel le haya robado el arpa. ¡Los ángeles no hacen eso! Seguro que papá se la había dejado en cualquier sitio. Y ahora no quiere reconocerlo.

Su hermana Elsbeth asintió con la cabeza.

—Sí, así es papá. Nunca le ha gustado reconocer sus propios errores.

Las tres estaban por lo menos igual de tocadas que el profesor de los trinos, eso estaba claro, aunque eran simpáticas.

Eleonore pescó con la punta de los dedos la manopla que tenía en su escote y la dejó caer en el cuenco de agua.

—Creo que por hoy basta, señoras —dijo entonces—. Después de este penoso incidente no tengo ánimos para más conversaciones. Además, no quisiera molestar a Amanda y a estas jóvenes damas.

—Podéis quedaros tranquilamente —dijo Amanda—. No me molestáis.

—¡A nosotras tampoco! —me apresuré a decir.

Seguro que resultaba divertido que siguieran contando cosas de sus charlas con los espíritus. Pero, por desgracia, no hubo forma de convencer al grupo

—¿De verdad lo dices en serio? Me refiero a lo del ángel y el arpa —preguntó Flor, cuando las tres se marcharon y la ayudamos a descorrer las cortinas y a apagar las velas.

Amanda le sonrió.

—Bueno, no estoy tan segura. Quizá Elsbeth tenga razón y sea verdad que su padre ha perdido el arpa.

Se dirigió a Sister X y le acarició en el cuello.

—Vete a tu prado, amiga. Te lo has ganado. Has hecho un buen trabajo.

Mientras Amanda llevaba a Sister X al prado, Flor y yo nos pusimos a buscar a Penélope, que seguía roncando en algún sitio.

—Me parece que no anda bien de la cabeza —me dijo Flor en voz baja mientras se tocaba la sien con el índice—. ¡Ángeles y arpas!

—¿Te molesta? —le pregunté.

—¡La encuentro súper! —dijo Flor, sonriendo burlona.

Cuando por fin encontré a Penélope debajo de la mesa, me alegré de que también en esta ocasión mi amiga y yo estuviésemos de acuerdo.

Lo llevamos con cuidado a la cocina y lo depositamos en el suelo.

—¿A qué habéis venido? —preguntó Amanda, y nos sirvió limonada—. ¿Queríais contarme algo especial?

Me pregunté si Amanda de verdad era vidente.

—Ya lo creo. Se trata otra vez de *El Ancla Dorada.*

—Qué interesante —comentó Amanda, pensativa, cuando terminamos nuestro informe completo, y se puso a rascar a Penélope en el cuello. Como no decía nada más, Flor exclamó:

—¡Me gustaría saber quién los avisó!

Amanda miró a Flor.

—¿Sospechas de alguien?

Flor se puso como un tomate.

—Bueno, sí... sospechaba —contestó, vacilante—. Cuando Ricki me lo contó, enseguida pensé en el abuelo. Podría haberse apeado de su bicicleta y haberles llamado desde una cabina. Después de todo, sabía lo de la redada.

—¿Y qué? —preguntó Amanda—. ¿Lo has hablado con él?

Flor hizo un gesto afirmativo con la cabeza.

—Dice que él no llamó. Y yo le creo.

—¡Yo también! —añadí yo inmediatamente, aunque apenas le conocía.

—Yo tampoco creo que haya sido tu abuelo. Me parece que hay algo bien distinto detrás de todo eso. Pero lo averiguaremos.

—Por cierto, mi padre también va a ir esta noche a vuestra casa —le dije a Flor, mientras volvíamos a casa.

—¡Qué bien! —se alegró mi amiga—. Estoy impaciente por ver qué tal se entienden él y mamá.

—¿Por qué?

En lugar de contestar, Flor se limitó a sonreírme con ironía.

—Crees que los dos... —exclamé.

—No lo sé. Al fin y al cabo, los dos están solos. Y tu padre me cae simpático.

—Tu madre también me lo parece. ¡Imagínate que fuésemos hermanas! —dije.

—¡Entonces podríamos decir que somos mellizas, igual que Elsbeth y Hedwig!

Durante un rato, estuvimos fantaseando sobre nuestra vida como pareja de mellizas. Pero visto de un modo realista, me resultaba imposible imaginar que saliese bien por la forma tan torpe de actuar de papá.

Cuando llegué a casa, encontré a mi padre en ropa interior, desesperado, plantado delante de su armario ropero.

—¡No tengo nada que ponerme! —se quejó.

¡Pues sí que empezaba bien!

—¿Por qué no te pones el traje claro, papá? Ya sabes, el que llevaste el año pasado para la fiesta de verano de la policía.

Papá se rascó la cabeza.

—¿Tú crees? ¿No es demasiado informal? Es la primera vez que veo a esa mujer..., quiero decir: a esa gente.

—¿Informal? —exclamé—. Si llevases vaqueros desgastados, una camiseta de tirantes y mi gorra, podrías llevar razón. Pero una chaqueta de vestir de verano y un pantalón de pinzas, no es precisamente lo que hoy día se considera como informal.

—Si a ti te lo parece...; desde entonces no me lo he vuelto a poner, y la semana que viene se celebra la fiesta de este año —dijo papá, cogió las cosas del armario y se puso a revisarlas. De repente se tapó la boca con la mano.

—¡Dios mío! —exclamó—. ¡No tengo ningún regalo! Flores o vino. No puedo ir allí con las manos vacías. ¡Me quedaré en casa!

—¡Papá! —suspiré—. Ya está todo resuelto. Las flores para la señora Wolff están en el sótano y el vino para el abuelo de Flor en la nevera. Mi amiga y yo ya nos hemos encargado de eso.

Al pasar junto a mí, mi padre me dio un beso en la frente.

—¿Qué haría yo sin ti, tesoro? —dijo, y desapareció en el cuarto de baño.

—¡Seguramente morirte de hambre, de sed y de frío! —me reí a sus espaldas.

La madre de Flor me gustaba y a Flor le gustaba mi padre. Seguro que los dos se entenderían bien, pensé, mientras íbamos en el coche a casa de los Wolff. Miré a papá. No le quitaba el ojo a la calzada. Olía como si se hubiese dado un baño con su loción de afeitar. Seguro que estaba aún más nervioso que yo. Yo confiaba en que por lo menos no se convirtiese en una de esas cenas tan aburridas, como las que tenía a menudo con sus colegas.

Cuando estábamos frente a la puerta de los Wolff, papá volvió a colocarse la corbata, carraspeó y empuñó las flores como si se tratase de un trofeo. Después de eso llamó al timbre. Flor abrió la puerta de golpe.

—Hola —dijo y entornó los ojos—. Entrad. Tenemos formada una de padre y muy señor mío.

De la casa salía un vocerío considerable. Papá aún estaba ocupado en limpiarse a fondo los zapatos en el felpudo, cuando la señora Wolff y el abuelo Tornillo se abalanzaron sobre nosotros. La señora Wolff llevaba un vestido muy elegante e incluso el abuelo de Flor estaba hecho un pincel. Me preguntaba si no querría impresionar a Amanda.

—¡Usted debe de ser el señor Kaminski! —exclamó la señora Wolff, y le tendió la mano a mi padre.

Papá correspondió al saludo.

—Sí, y usted es la señora Wolff, ¿verdad? Encantado de conocerla. He traído un par...

Ella no le dejó hablar y tampoco prestó atención a las flores que papá le ofrecía.

—¿Usted es un hombre, verdad? —dijo en cambio—.

Y los hombres suelen entender bastante de asuntos técnicos.

—Eh... sí... no sé —balbuceó mi padre.

La madre de Flor lo cogió del brazo.

—Bien, entonces venga a la cocina, por favor, y vea la que ha liado mi padre.

—¿Qué significa eso de liado? —exclamó el abuelo Tornillo—. ¡El señor Kaminski es policía! Así que tendrá bastante experiencia. ¡Él también te dirá que siempre añaden mucho más de lo que se necesita!

Agarró a papá por el otro brazo y entre los dos tiraron de él para llevárselo a la cocina. Él me miró, como pidiéndome ayuda, aunque ni yo misma sabía a qué venía aquello.

—¿Qué pasa? —le pregunté a Flor.

—Ah, nada especial. Solo que el abuelo ha reparado el tostador.

Cuando entramos en la cocina, papá, la señora Wolff y el abuelo Tornillo estaban agrupados en torno al aparato. Él aún llevaba las flores en la mano.

—Este tostador lo ha arreglado mi padre, eso dice él —comentó la señora Wolff, lanzando miradas furiosas al abuelo Tornillo—. Es decir, que lo ha desmontado y lo ha vuelto a montar. Desgraciadamente, han sobrado algunas piezas. Y ahora dice que no eran necesarias.

—¡Y es verdad! —gritó el abuelo Tornillo—. ¡Siempre se utiliza más de lo necesario!

—Entonces, ¿por qué no funciona?

—Será por otra cosa —refunfuñó el abuelo Tornillo, testarudo.

—Siempre es lo mismo —me susurró Flor—. El abuelo lo arregla todo. Es su afición. Solo que siempre sobran un par de tornillos, por lo menos.

—¿Por eso le llamáis Tornillo? —pregunté.

Flor asintió con la cabeza y se tapó la boca con la mano para contener la risa.

Por fin la señora Wolff se percató de las flores y se las cogió a papá.

—Muchas gracias, señor Kaminski. Qué amable. Entonces, ¿usted qué opina?

—Bueno... —titubeó papá—. Si ahora no funciona, supongo que las piezas serían necesarias.

—¡Paparruchas! —exclamó el abuelo Tornillo—. ¡Vosotros los jóvenes siempre estáis de acuerdo!

El timbre de la puerta fue la salvación de mi padre. Era Amanda. Por suerte, Sister X y Penélope se habían quedado en casa. Inmediatamente la pusieron al corriente de lo del tostador.

—No sé por qué habrá dejado de funcionar —dijo ella—. Pero podría echarle un vistazo.

—¡No se atreverá! —exclamó el abuelo Tornillo—. ¡Yo soy el único que arregla el tostador!

La señora Wolff alzó los brazos y los dejó caer.

—¡Precisamente hoy! Iba a poner tostadas de primer plato.

—Nos comeremos las tostadas sin tostar —propuso papá—. Seguro que estarán igual de buenas.

Tenía razón. La comida estaba casi tan rica como la de Amanda, incluso sin tostadas. Y papá comió como no lo había hecho desde hacía mucho. A pesar de la entrada tan caótica que había tenido nuestra primera visita a la casa de los Wolff, gracias al asunto del tostador nos habíamos ahorrado los habituales comentarios sobre el tiempo y el pasado veraneo. Igual que Flor y yo, los mayores estuvieron charlando como si se conociesen de toda la vida. Y de vez en cuando papá y la señora Wolff intercambiaban miradas, que me resultaron bastante reveladoras, porque demostraban que al menos sentían mutua simpatía, a pesar de que él apenas se atrevía a mirarla directamente. También Flor parecía haberse dado cuenta, porque me guiñó un ojo con disimulo.

Después de cenar, mi amiga me enseñó su cuarto. Estaba igual de bien amueblado que el resto de la casa.

—¡Estoy a rebosar! —resoplé, y me dejé caer sobre la cama. Detrás de mí había algo colgado en la pared. No sabía muy bien de qué se trataba. Me di la vuelta. ¡Era un látigo!

—¿Qué es eso? —pregunté.

—Era de mi padre. Era domador de leones. Es un recuerdo de él..., el único. ¿Por qué lo preguntas?

—¡Julia! ¡Ricki! ¡El postre! —gritó la madre de Flor, antes de que yo pudiese contestar.

—Por nada —dije rápidamente—. Venga, volvamos.

Mientras me zampaba el helado con cerezas calientes, no podía quitarme de la cabeza lo del látigo y la profesión del padre de Flor. También la gente del circo solía estar de paso, igual que los vendedores de seguros o los músicos, y un montón de gente más. ¡Pero era una tontería pensar que pudiera tener algo que ver con mi madre!

# X

DE PRONTO, SE OYÓ UN PITIDO procedente del bolsillo de mi padre.

—¡Papá! —grité—. ¿Tenías que traerte ese chisme?

Él se encogió de hombros.

—Ya sabes que siempre estoy de guardia.

—¡Espero que no tengas que marcharte!

—Es un busca —les explicó a los Wolff, y por fin se sacó el chisme del bolsillo para apagarlo—. Cuando pita tengo que llamar al trabajo. Con lo que gano no me da para un móvil. ¿Podría usar su teléfono?

La señora Wolff lo acompañó al recibidor y volvió poco después. Oí hablar a papá, pero no pude entender lo que decía. La señora Wolff había cerrado la puerta discretamente.

Por fin, él volvió al cuarto de estar.

—¿Qué pasa? —le interrogué—. ¿Puedes quedarte?

Papá hizo un gesto negativo con la cabeza.

—No, por desgracia.

—¿Otra vez se trata de *El Ancla Dorada*? —preguntó la señora Wolff.

—Sí, pero no solo es eso. Parece que también se trata de mí. Pauer no ha querido decirme lo que pasa, pero debe haber ocurrido algo. En cualquier caso, tengo que marcharme. Lo siento mucho, de verdad.

—¡Voy contigo! —exclamé.

—A decir verdad, preferiría que te quedases aquí. Te recogeré cuando vuelva —dijo papá—. Si la señora Wolff está de acuerdo.

Por supuesto, ella estuvo de acuerdo. Así que no me quedó más remedio que esperar a papá en casa de los Wolff. Me quedé preocupada. En alguna otra ocasión yo ya me había dado cuenta de que tenía disgustos en el trabajo. Y casi siempre empezaba igual.

Amanda, Flor y también los Wolff parecían darse cuenta de lo que me rondaba por la cabeza, o quizá también ellos estuviesen dándole vueltas al asunto. Fuera como fuese, trataron de distraerme un poco.

La señora Wolff se puso a relatar su vida en el circo. Lo cierto es que era muy interesante. Solo que no me sirvió de nada. No dejaba de acordarme una y otra vez del látigo que había visto en la habitación de Flor. Pero, claro, ella no podía saberlo. Tampoco quise hablar de ello con mi amiga. Lo único que quería saber ahora era qué ocurría con mi padre.

Cuando por fin regresó, ya estaba anocheciendo. En cuanto lo vi, enseguida supe que mi presentimiento era cierto.

Papá se dejó caer en un sillón y se bebió, agradecido, el aguardiente que el abuelo Tornillo le había ofrecido sin decir una palabra.

—Tiene usted un aspecto horrible —comentó Amanda—. ¿Qué ha ocurrido en la jefatura de policía?

Papá inspiró hondo.

—Me han... apartado del servicio —dijo en voz baja.

—¿Apartado? —grité—. ¿Qué quiere decir eso?

—Significa que he tenido que entregar mi placa y que no puedo volver a trabajar hasta que me autoricen de nuevo.

—¿Y por qué? —quiso saber la señora Wolff—. ¿Por lo de *El Ancla Dorada*?

—Sí, de eso se trata. Ya sospechábamos que habían puesto sobre aviso a los dos propietarios. Excepto algunos documentos escritos, que llevaban encima, han destruido todas las demás pruebas. Y si no hubiesen sido tan tontos como para regresar a su local, después de largarse, incluso se nos habrían escabullido. Ahora se ha confirmado la sospecha de que alguien había revelado nuestra operación.

—¿Y por eso han ido a por ti? —exclamé.

—Pauer, mi compañero, ha estado revisando con ayuda de la compañía de teléfonos todas las llamadas que se hicieron aquel día. Con la hora y el número de teléfono del usuario, pueden hacerlo. Solo hubo dos llamadas una hora antes de nuestra operación. Una procedía de la cervecería que les aprovisiona, y la otra... de mi teléfono de servicio.

—¡No es posible! —me indigné—. ¿Está chiflado ese Pauer o qué?

—¿No podría haberse equivocado su compañero? —preguntó la señora Wolff.

Papá sacudió la cabeza.

—No, yo mismo he visto la lista. El número de teléfono es correcto y la hora también encaja. Alguien debió llamar desde mi teléfono poco antes de que entrásemos en acción.

—¿Y por eso le han apartado del servicio? —preguntó el abuelo Tornillo—. Aunque hayan llamado desde su teléfono, no tiene por qué haber sido usted.

—Según dice Pauer, en ese momento no había nadie en mi despacho. Además, él sigue estando convencido de que yo ya había desvelado el asunto cuando fueron a verme Amanda y mi hija.

—Pero eso no prueba nada —dijo Amanda—. Tiene que haber algo más.

Papá bajó los ojos.

—Desgraciadamente, sí. El asunto del teléfono lo han descubierto esta mañana. Por eso me han estado vigilando.

—¡No es posible! —dije, dando un respingo—. ¿Nos han estado espiando?

—Sí, y lo que más me decepciona es que mi jefe lo haya consentido. Pauer me ha estado vigilando como a un delincuente. Y, claro, averiguaron que esta noche iba a venir aquí. Han estado comprobando los nombres de los inquilinos del edificio y los de los empleados de *El Ancla Dorada* y otros nombres conocidos. Y, bueno, el resto os lo podéis imaginar.

—¡Por el amor de Dios! —dijo la señora Wolff, llevándose la mano a la boca—. Entonces habrán averiguado que yo estuve trabajando allí hasta ayer. Y ahora sospechan...

—Que yo revelé nuestra operación por su causa. Así es.

—Créame que lo siento, señor Kaminski. Ha perdido usted su trabajo por mi culpa.

Papá sonrió, apesadumbrado.

—Mírelo de otro modo. Después de todo usted también ha perdido su trabajo por mi causa. Además, no me han despedido, sino suspendido temporalmente, aunque...

—¿Hay algo más? —pregunté al ver que papá dejaba de hablar.

—Lo cierto es que no quería decírtelo para que no te preocupases demasiado, pero por qué no vas a saberlo todo. Mi jefe me ha aconsejado que renuncie. Piensa que lo más seguro es que me abran un expediente. Y nadie sabe en qué puede acabar. Si renunciase antes, al menos me ahorraría el expediente.

—¡No lo haga, joven! —exclamó el abuelo Tornillo—. ¡Usted es inocente, de modo que pelee!

—Lo haría, si...

—Si no hubieses pensado ya en renunciar —añadí—. ¿Verdad, papá?

Papá me miró con los ojos como platos.

—¿Cómo lo sabes?

—No lo sé —dije, encogiéndome de hombros—, pero no tengo más que ver la cara con la que vuelves del trabajo. Hace mucho que ya no te divierte.

Papá asintió con la cabeza.

—Eso es cierto.

—¿Y ahora qué va a hacer? —preguntó Amanda.

—No lo sé. Es más fácil decirlo, que hacerlo. Al fin y al cabo, tengo que ganar dinero. Lo consultaré con la almohada.

También aquello era más fácil de decir que de hacer. Yo había pasado la tarde preocupada por si papá y la señora Wolff se llevarían bien o mal. Ahora estaba en juego el trabajo de mi padre, y la casa. Si no trabajaba más para la policía, seguramente tendríamos que mudarnos. Y, además, no dejaba de pensar en el látigo de Flor. Cuando por fin me dormí, ya se oía el canto de los pájaros.

No me sorprendí en absoluto cuando vi que mi despertador marcaba ya las doce. Me sentía hecha polvo. Solo cuando terminé de ducharme y vestirme, me sentí algo mejor.

Papá no estaba. En su lugar había una nota en la mesa de la cocina, en la que decía que se había ido a dar un paseo. No era difícil adivinar qué pensamientos le rondaban. Tampoco Amanda había venido. Papá y ella habían acordado que vendría más tarde, sin fijar una hora concreta.

Acababa de tomarme el primer bocado del desayuno, cuando sonó el teléfono. Era Amanda.

—¿Ya se ha decidido tu padre? —preguntó.

—No lo sé. Está dando un paseo, y yo me acabo de levantar.

—Ajá... —dijo Amanda, como si no esperase otra cosa—. Entonces, cuando vuelva, por favor dile que me gustaría que vinieseis a verme. Tengo que hablar con vosotros.

—¿No vas a venir hoy? —pregunté—. ¿De qué quieres hablar con nosotros?

—Hoy no hace falta que vaya —contestó Amanda—. Y lo que tengo que deciros es muy importante para todos nosotros, creo. Así que, por favor, dile que me gustaría veros por aquí.

Sin esperar una respuesta, colgó. Como con Amanda

ya nada podía sorprenderme, me limité a encogerme de hombros y continué con mi desayuno.

El paseo de papá se prolongó bastante. Cuando oí el ruido de la llave en la puerta, estaba fregando los platos. Dejé caer el estropajo y corrí al vestíbulo.

—Has estado mucho rato fuera —dije, saludándole—. ¿Ya sabes lo que vas a hacer?

Papá colgó su chaqueta en el ropero y me cogió de la mano.

—Ven, vamos a sentarnos en el cuarto de estar.

No tenía necesidad de decirme nada acerca de lo que había decidido. Yo ya lo sabía.

—Voy a presentar mi renuncia —me soltó en cuanto nos sentamos frente a frente—. Ya no tiene sentido. Llevo mucho tiempo hasta las narices. Creo que no he nacido para ser policía, aunque siga soñando ser como Schimanski.

—Por mí, no tienes por qué ser como Schimanski —dije—. Tú me caes mucho mejor.

—Es muy amable de tu parte —dijo él, sonriéndome—. Gracias. Si lo de anoche no hubiese ocurrido, tal vez habría seguido. Lo que más me duele es que mis compañeros y mi jefe no hayan hablado de ello conmigo. En lugar de eso, no se les ocurre nada mejor que vigilarme. ¡Estoy hasta la coronilla!

—Entonces, ¿tendremos que mudarnos? —pregunté.

—Eso parece. Tendremos que buscar otra casa, y yo, un nuevo trabajo. Ya encontraré algo. ¡Aunque tenga que trabajar de sereno!

De repente, me asaltó un pensamiento horrible.

—¿Tendremos que marcharnos a otra ciudad?

Papá me miró durante un rato, antes de contestar.

—A decir verdad, no tengo ni idea. Pero es posible. Ya sé que tú estás a gusto aquí y que por fin has encontrado una amiga. Por eso procuraré encontrar algo en la ciudad, como sea.

Recé para que aquello saliese bien. No quería ni pensar en la posibilidad de tener que separarme de Flor.

—¿Ya ha venido Amanda? —preguntó papá.

—¡Ay, casi se me olvida! —exclamé—. Ha llamado antes. Nos ha invitado a su casa. Dice que tiene que hablar de algo importante con nosotros. ¿Vamos?

—¿Por qué no? Por lo menos así nos distraeremos un poco. Además, tendremos que decirle que dentro de poco ya no podremos pagarle.

—La voy a echar de menos —comenté.

Papá asintió con la cabeza.

—Yo también, tesoro. Y eso es lo que más me asombra.

Antes de marcharnos a casa de Amanda, estuve tratando de llamar a Flor. Seguro que a ella también le gustaría saber qué había decidido mi padre, pero nadie cogía el teléfono en casa de los Wolff.

Cuando llegamos a casa de Amanda, me enteré del motivo. Cuando entramos, la familia Wolff, al completo, estaba sentada alrededor de la mesa que Amanda utilizaba en sus sesiones espiritistas.

—¿Qué estáis haciendo vosotros aquí? —me extrañé.

—Amanda nos ha llamado para que viniésemos. Tenía que hablarnos de algo.

—Lo mismo que a nosotros —dije yo.

—Es algo que os atañe a todos —oí decir a Amanda desde la cocina. Poco después colocó una gran bandeja con tazas y pastitas sobre la mesa.

—Bueno, ¿qué ha decidido usted? —le preguntó a papá.

—Creo que voy a presentar mi renuncia —contestó él—. Seguramente ya no podré pagarle más. Siento muchísimo que la...

—Ya hablaremos más tarde de eso —le interrumpió Amanda—. El té necesita un poco más de tiempo para terminar de hacerse. Hasta que esté listo, podríamos dedicarnos a echar un vistazo a la casa.

—¿La casa? —preguntó papá—. ¿A qué casa se refiere?

—A la mía, naturalmente. Seguro que ya se habrán dado cuenta de que no habito más que una pequeña parte de ella.

—¡Las puertas de los otros pisos! —exclamé.

—Exacto —dijo Amanda, se metió la mano en el bolsillo y sacó un gran manojo de llaves.

Era tal y como yo sospechaba. Detrás de cada puerta había una vivienda casi tan grande como la de Amanda. Todas estaban vacían, pero en buen estado. Al menos, eso fue lo que comentó el abuelo Tornillo una y otra vez. Seguramente le daba pena que no hubiese nada que reparar.

—Es increíble —dijo papá, cuando estábamos sentados de nuevo alrededor de la gran mesa de Amanda—. Están perfectas, dispuestas para ser habitadas; lo único que falta es el papel pintado y las alfombras.

—¿Por qué no empapela usted, coloca las alfombras y se muda? —preguntó Amanda.

—¿Quiere decir... que nos mudemos aquí, *nosotros*? —exclamó papá.

—Sí, a eso me refiero. Usted y Ricki ocupan una vivienda y los Wolff otra. Hace ya mucho tiempo que me siento demasiado sola aquí.

Flor se levantó de un salto.

—¿Mudarnos nosotros también aquí? ¡Súper! ¡Entonces viviremos juntas!

—Es muy amable de su parte, señora X..., quiero decir, Amanda —dijo la señora Wolff—. Pero no creo que el alquiler esté a nuestro alcance. Y, probablemente, al señor Kaminski le sucederá lo mismo en cuanto renuncie a su puesto de trabajo.

Amanda hizo un gesto negativo con la mano.

—No se preocupe por el dinero. Hasta ahora no he cobrado ningún alquiler. Además, pronto volverán a ganar dinero los dos..., si están de acuerdo con mi propuesta.

—¿A qué propuesta se refiere? —preguntó papá.

Amanda se inclinó un poco hacia delante y se quedó mirando a papá y a la señora Wolff. Me moría de curiosidad.

—Mi propuesta es muy simple, y supergaláctica —dijo Amanda, por fin—. Ustedes dos serán mis socios.

## XI

—¡USTED ESTÁ LOCA! —exclamó papá, y enseguida se tapó la boca con la mano—. Por favor, disculpe. No quería decir eso. Pero su proposición es bastante inusual.

—A mí también me lo parece —dijo la señora Wolff, poniéndose de su parte.

—Pero ¿por qué? —se inmiscuyó el abuelo Tornillo—. Dejad que cuente primero cómo se le ha ocurrido eso.

Amanda sonrió al anciano.

—Es muy amable de su parte, señor Wolff. Muchas gracias.

El abuelo Tornillo sonrió, algo abochornado, e incluso se ruborizó un poco.

—No hay de qué. Y puede llamarme Tornillo, igual que los demás.

—Encantada —dijo Amanda—. Pero entonces usted también tendrá que llamarme Amanda.

—¿Cómo se te ha ocurrido eso? —preguntó Flor, mientras me guiñaba un ojo. El abuelo Tornillo y Amanda se peleaban casi siempre que se veían; pero por lo visto, a pesar de todo, no parecían llevarse mal.

Amanda se reclinó, dio un sorbito a su licor de almendras y cerró los ojos mientras lo saboreaba.

—En el fondo, se trata de una idea supergaláctica. A la vista está. Como sabéis todos, soy vidente, médium y espiritista.

—Eso ya lo ha mencionado usted antes —resopló papá.

—Y como tal, tengo muchos clientes —prosiguió Amanda, sin tener en cuenta la observación de mi padre—. En todo lo que se refiere a asuntos sobrenaturales, me las arreglo bien sola. Aunque a veces no me vendría mal un criminalista en mis casos.

—¿Quieres decir: un detective o algo parecido? —pregunté.

Amanda hizo un gesto afirmativo con la cabeza.

—Exacto, a eso me refiero. Por ejemplo, hace poco estuvo a verme una mujer que había sido estafada por una falsa vidente. Entonces me habría venido muy bien un detective.

—¿Y esos detectives seríamos nosotros? —preguntó papá.

—¡Lo ha adivinado! —exclamó Amanda—. ¡Nos asociaremos! ¡Yo me ocupo de los espíritus y ustedes de los granujas! ¡Y juntos seremos invencibles!

—Detective privado, yo —dijo papá, y meneó la cabeza, incrédulo.

—¿Por qué no? —le respondió Amanda—. En el fondo, es normal que los dos se conviertan en detectives privados, señor Kaminski. Usted ha estado en la policía. Al parecer no estaba muy a gusto y tampoco se le daba especialmente bien, pero déjeme decirle que usted conoce el negocio.

—¿Y por qué debería ser yo su socia? —preguntó la madre de Flor.

—También es lógico. En primer lugar, usted es mujer, y como tal, llegado el caso, será capaz de hacer de todo. Además, sabe bastante de maquillajes y disfraces. Y eso podría resultarle útil a una detective.

—¿Cuando haya que disfrazarse para que no nos reconozcan? —preguntó.

—Efectivamente. Además, su padre cuenta con buenos contactos, señora Wolff. Sus amigos tienen «ciertas relaciones», al menos eso dijeron.

—Bueno, sí —dijo el abuelo Tornillo, y sonrió con ironía—. Willi tiene una pequeña taberna cerca del hipódromo y Walter regenta una oficina de apuestas. Günter le echa una mano. Cuando era joven y delgado, fue yóquey, aunque ya hace mucho tiempo de eso. Y en las tabernas y oficinas de apuestas se oye de vez en cuando algún rumor.

Caí en la cuenta de que ni Flor ni su madre o el abuelo Tornillo habían mencionado nunca a qué se dedicaba este último. Pero tampoco se lo pregunté. Mis experiencias con Flor me obligaban a ser cauta. Ya lo averiguaría tarde o temprano.

—Precisamente eso es a lo que me refiero —dijo Amanda—. Ese tipo de informaciones podrían resultarle muy valiosas a una agencia de detectives.

Papá y la señora Wolff se miraron. Y no pudieron evitar una sonrisa de satisfacción.

—Claro —dijo él—. Si usted lo ve de ese modo. ¿A usted qué le parece, señora Wolff?

—¡Por favor, mamá! —exclamó Flor—. ¡Vamos a intentarlo!

—Yo también apuesto por ello —añadí yo inmediatamente—. ¡Así podríamos vivir juntas! ¡Eso sí que sería estupendo!

—También dispondrían de un despacho —agregó Amanda—. Y aún sobraría una vivienda.

—Yo me apuntaría —dijo el abuelo Tornillo—. No tenemos nada que perder, ¿no?

—¿Y dónde conseguiríamos los casos para nuestra agencia? —preguntó papá.

Amanda se encogió de hombros.

—Para empezar haremos un poco de publicidad. Después funcionará el boca a boca. Así consigo yo mis clientes.

Papá y la señora Wolff se miraron de nuevo.

—Me gustaría hablarlo un momento a solas con usted —dijo él entonces.

—¡Buena idea! —se alegró Amanda—. ¿Por qué no se van ustedes a la pradera con Sister X?

Papá y la señora Wolff salieron de la habitación. Flor y yo esperamos un momento y después los seguimos. Efectivamente, habían ido a la pradera de Sister X y estaban conversando.

A mí me pareció que hacían buena pareja. Sister X estaba justo a su lado y los observaba como si los estuviese escuchando. La conversación no duró mucho rato. Cuando volvieron a ponerse en movimiento, Flor y yo regresamos y nos sentamos a la mesa, como si no hubiese pasado nada.

Cuando entró, papá estaba radiante, como un niño pequeño cuando se reparten regalos de Nochebuena.

—Hemos decidido intentarlo.

Flor y yo nos abrazamos y nos pusimos a dar vueltas y brincos, hasta que nos empezamos a marear.

—No os alegréis demasiado —indicó la señora Wolff—. Aún no sabemos si funcionará. Además, nos espera un montón de trabajo.

—Lo primero que necesitáis es un caso —dijo el abuelo Tornillo.

—Ya lo tienen —replicó Amanda—. Seguro que no ha sido una casualidad que avisasen a los dueños de *El Ancla Dorada* precisamente desde el teléfono del señor Kaminski. Averiguar quién está detrás del asunto será el primer caso de la agencia de detectives Kaminski & Wolff.

La noche se hizo muy larga. Estuvimos hablando y haciendo planes, volviendo a desecharlos y a hacer otros nuevos. Comimos ositos de goma y Amanda y el abuelo Tornillo se ventilaron media botella de licor de almendras entre los dos. Flor y yo hubiésemos podido seguir así toda la noche. Cuando por fin nos despedimos, había quedado bien claro lo que íbamos a hacer a continuación.

Papá no debía presentar su renuncia inmediatamente, sino intentar primero averiguar algo durante su próxima conversación con Beinlein en la jefatura de policía. Era evidente que quien había avisado a los propietarios de *El Ancla Dorada* debía estar en la jefatura aquella tarde. Por suerte, quedábamos todos descartados como sospechosos, incluido el abuelo Tornillo. Papá y la señora Wolff tendrían que ocuparse también de conseguir la licencia de detectives privados.

El abuelo Tornillo movilizaría a sus amigos y Amanda haría lo mismo con sus amigas de las sesiones espiritistas, que nos ayudarían a renovar las viviendas. Nos pareció que era un buen plan.

A la mañana siguiente no me enteré de gran cosa en clase. Una y otra vez se me venía a la cabeza nuestro cambio de vida. Seguro que a papá y a la señora Wolff les iba a resultar difícil conseguir casos para su agencia de detectives, pero la perspectiva de poder vivir en la misma casa con Amanda, y sobre todo con Flor, hizo que me olvidase pronto de mi preocupación.

Durante los descansos, Flor y yo estuvimos atiborrándonos de ositos de goma y elucubrando sin parar. Estábamos de tan buen humor, que ni en sueños se me habría ocurrido pensar que algo pudiese salir mal.

No obstante, en casa me esperaba una sorpresa. Papá estaba allí. Amanda y él estaban sentados a la mesa de la cocina y, por la expresión de su cara, enseguida me di cuenta de que algo iba mal.

—¿No ibas a pasar todo el día en la jefatura de policía? —le pregunté.

—¡A esos ni me los menciones! —espetó, enfadado—. ¡Por mí, que se vayan al diablo de una vez por todas!

Miré a Amanda, pero esta se limitó a entornar los ojos.

—¿Qué ha pasado? —pregunté.

—He estado allí esta mañana para hablar tranquilamente con Pauer y el comisario Beinlein. Pero tendrías que haberlos oído. Me han tratado como a un criminal. Les he dicho lo menos cinco veces que yo no tenía nada que ver con el asunto. Pero ni siquiera me escuchaban. Solo Lily Lassalle ha actuado como si me creyese.

Al parecer, Lily Lassalle no se había dado aún por

vencida. Me alegré de que pronto papá ya no la vería más.

—El caso es que se me han hinchado las narices —siguió contando—. Me he sentado, he redactado mi renuncia y se la he tirado a Beinlein sobre la mesa. Enseguida la ha aceptado. Ni una palabra de que lo sentía o que me deseaba lo mejor. Lo único que me han dicho es que no volviera a poner un pie en jefatura, al menos como policía. Seguirán pagándome medio año más. Para entonces ya tendré que haber dejado la casa.

—Pero querías averiguar algo más sobre *El Ancla Dorada* —dije yo.

—Lo sé —contestó papá, abatido—. Yo también siento haberlo echado todo a perder. ¡Pero Pauer y Beinlein me han puesto furioso!

—Nadie se lo va a reprochar. Seguro que nosotras hubiésemos hecho lo mismo —dijo Amanda, y le dio unas palmaditas en la espalda—. Ya averiguaremos quién anda detrás de esa llamada. Pero ahora vamos a comer.

La comida transcurrió en un silencio sepulcral. Solo se escuchaba el ruido de los cubiertos y los ronquidos de Penélope. Cuando sonó el teléfono, dejé caer el tenedor del susto. Amanda se levantó y se marchó al cuarto de estar.

—Era Tornillo —le dijo a papá cuando volvió a la cocina—. Quería que fuese usted enseguida al club de boxeo. Tiene novedades interesantes, pero no ha querido hablar de ellas por teléfono, ¡ni siquiera conmigo! ¡Es un viejo hueso duro de roer! Pero ya lo domesticaré yo.

—¿No le ha insinuado siquiera de qué se trata? —preguntó papá.

—¡No! Eso es lo que me fastidia, precisamente.

Papá se puso de pie.

—Entonces no me queda más remedio que ir. De todos modos, de momento no tengo nada mejor que hacer.

—¿Puedo ir contigo? —exclamé—. Flor también está allí. Hoy tiene entrenamiento.

—Por mí —dijo él, encogiéndose de hombros—. ¿Y usted, Amanda? ¿Viene con nosotros?

—¿Para ver a ese terco? ¡No, gracias! Además, no me gustaría dejar sola a Sister X en el balcón. Y también tengo que despertar a Penélope. Todavía no ha comido.

El abuelo Tornillo y Flor nos estaban esperando delante del pabellón deportivo, al igual que los tubos de órgano: Günter, Willi y Walter. La colilla del abuelo Tornillo daba vueltas como una hélice en su boca.

—¿Qué ocurre? —le pregunté a mi amiga, cuando nos bajamos del coche.

—Cosas raras —se limitó a decir.

—Estos son los amigos de los que le hablé ayer —interrumpió el abuelo Tornillo a su nieta—. Tienen novedades interesantes. Contádselas.

Walter se colocó bien el pañuelito que asomaba por el bolsillo de su americana.

—¿Así que usted es el inspector Kaminski?

—Ex inspector —corrigió papá—. Hoy he presentado mi renuncia.

—Oh, eso es estupendo... quiero decir, interesante... ejem, lamentable, quería decir.

—Se trata de los dos tipos que son dueños de *El Ancla Dorada* —continuó Willi, mirando de reojo a su compañero—. Nos hemos estado informando, pero nadie sabía quién avisó a esos dos de la bofia... ejem, de la policía. Pero ahora eso es lo de menos. Los han soltado hoy.

—¿Soltado? —exclamó papá—. ¡Pero si habíamos encontrado pruebas que los implicaban en el juego clandestino!

—De eso se trata, precisamente —contestó Günter, pasando sus pulgares por los tirantes del pantalón—. Todo eso ha desaparecido. Se ha esfumado.

—¡No puede ser! —exclamó mi padre—. ¿Cómo es posible?

—Nadie lo sabe —respondió Walter—. Aunque hay rumores.

—¿Rumores? —pregunté yo—. ¿Qué rumores?

—Al parecer se trata de algo más que de juego clandestino —dijo el abuelo Tornillo, retomando la palabra—. La... policía debió de encontrar algo más entre los documentos que incautaron a esos dos. Cuando iban a presentar las pruebas ante el juez, ya no estaban. Habían desaparecido, como si se las hubiera tragado la tierra.

—Y hay algo más —añadió Willi. Sus brazos habían desaparecido hasta el codo en el interior de los bolsillos del pantalón del chándal.

—¿Qué más? —exclamó papá.

—Dicen que los chicos de *El Ancla Dorada* no han montado el negocio..., quiero decir, el asunto, solos. Son demasiado idiotas para eso. Tienen que tener un cómplice.

—¿De qué va ese otro asunto? —pregunté.

El abuelo Tornillo se encogió de hombros.

—No lo sabemos. Pero debe tratarse de algo mucho más gordo.

—A lo mejor ahora, gracias a eso, te dejan en paz con lo de la llamada —dije yo—. Si los han soltado, ya no debe ser tan importante el que los avisaran.

Papá sacudió la cabeza.

—Me temo que ahora viene lo peor.

A pesar de que Flor tenía que entrenarse aún, el abuelo Tornillo consintió finalmente que se viniese con nosotros.

De pronto, mientras girábamos para entrar en nuestra calle, papá pisó el freno.

—No puede ser —dijo en voz baja.

Entonces vi a lo que se refería. Delante de nuestra casa había aparcados dos coches patrulla.

Apenas habíamos abierto la puerta de la vivienda, cuando Amanda vino hacia nosotros. Estaba visiblemente alterada. Nunca la había visto así.

—¡Señor Kaminski! —gritó—. Por fin está aquí. ¡Esos bárbaros! ¡Es inconcebible!

Papá cogió del brazo a Amanda.

—Dios mío, ¿qué ocurre? Tranquilícese.

—¿Tranquilizarme? —exclamó ella—. ¿Cómo voy a tranquilizarme si han venido con una orden de registro y lo están poniendo todo patas arriba?

## XII

PAPÁ SOLTÓ EL BRAZO DE AMANDA y salió corriendo, escaleras arriba.

—¿Registro? —pregunté a Amanda—. Pero ¿por qué?

—No han dicho nada, esos.. esos...

—¿Y no está el inspector Pauer?

—¡Ya lo creo que sí! —exclamó ella—. ¡Ese es el peor! ¡Y también está ese Violín o Pelín!

—Beinlein —la corregí, y corrí arriba.

Cuando papá y yo estábamos solos, a menudo me sentía mal porque nunca éramos capaces de tener nuestra casa ordenada. Pero lo que acababan de hacer sus antiguos compañeros ni siquiera nosotros mismos lo habríamos conseguido, aunque no la hubiéramos ordenado durante medio año.

—¡Menudo cinismo! —escuché que decía Flor a mi lado.

Papá estaba con el inspector Pauer. También se encontraba allí Lily Lassalle. Nunca había visto a mi padre tan furioso. Temí que en cualquier momento se abalanzaría sobre el señor Pauer.

—¿Qué significa esto? —gritó—. ¿Todavía no tienen

suficiente? ¡Ya he presentado mi renuncia! ¿Es que no les basta?

—Esto no tiene nada que ver con eso. Tenemos una orden judicial para efectuar un registro. Eso es todo.

—¿Eso es todo? —chilló papá—. ¡Eso no es todo! ¡Usted lo que quiere es acabar conmigo! ¡Es lo que ha querido hacer desde el primer día!

Fui hacia papá y le aparté de Pauer y Lily Lassalle. Tenía miedo de que pudieran ensarzarse en una pelea en cualquier momento.

—Ven, papá —le dije lo más tranquila que pude—. Vamos a buscar al señor Beinlein. Seguro que él nos lo explicará todo.

Uno de los policías corrió precipitadamente hacia Pauer.

—¡Hay una oveja en el balcón, señor inspector! —exclamó sin aliento.

—¿Y qué? —preguntó Pauer—. Eso no está prohibido.

—¡Pero lleva gafas de sol!

—¡Me da igual! —vociferó el inspector al policía—. ¡Por mí, puede llevar sombrero y bailar valses! ¡Siga buscando, demonios!

—¿Qué están buscando? —preguntó Flor, mientras caminábamos a tropezones por el caos de nuestra casa y buscábamos a Beinlein.

—Si lo supiera... —respondió papá.

Encontramos al comisario Beinlein en el dormitorio. Estaba observando a Penélope dormido, mientras un policía lo sostenía delante de sus narices.

—¿A qué viene esto? —preguntó Beinlein, irritado—. Es un gato roncando. Esto no es lo que buscamos.

—¿Qué es lo que están buscando? —exclamó papá.

El comisario se dio la vuelta. Se quedó visiblemente abochornado en cuanto vio a papá. Estaba claro que al menos a él le resultaba embarazoso.

—Lo lamento —dijo tímidamente—. Me hubiese gustado ahorrarle esto, pero ha sido imposible evitarlo.

—Pero ¿qué diablos es lo que es imposible de evitar? —preguntó papá.

—El registro. Hemos recibido un aviso muy fiable. Anónimo, pero digno de ser tenido en cuenta. Al parecer, en su casa hay ciertas pruebas que tienen que ver con el caso de *El Ancla Dorada.*

—¿Pruebas? ¡Eso es una idiotez! ¿Qué pruebas van a encontrar aquí en la casa?

—¡Por ejemplo, esta! —exclamó el señor Pauer. Estaba en el quicio de la puerta del dormitorio y sostenía una carpeta de cuero negro en su mano.

—¿De dónde ha sacado eso? —vociferó papá. El señor Beinlein lo sujetó enseguida, porque, si no, se hubiese lanzado sobre Pauer.

—¿Ha encontrado aquí esa carpeta? —preguntó el comisario al inspector.

—Sí, en un cajón, y ni siquiera estaba bien escondida. Es una carpeta de *El Ancla Dorada.* Ya la hemos inspeccionado. Desgraciadamente, faltan los papeles más importantes.

El señor Beinlein se golpeó el muslo con el puño.

—¡Maldita sea!

Después se volvió hacia papá.

—Lo siento mucho, señor Kaminski, pero tengo que arrestarle. Es usted sospechoso de haber robado pruebas.

—¡Pero usted no puede hacer eso! ¡Papá, di algo! —noté que los ojos se me llenaban de lágrimas.

Papá se agachó.

—Lo siento, tesoro. Tengo que ir. No comprendo nada de esto, pero seguro que se aclarará pronto. Entretanto, te quedarás con Amanda.

—Puede venirse con nosotros —se apresuró a decir Flor.

—Su hija es menor de edad —dijo el inspector Pauer—. Será entregada a Protección de Menores. Seguramente desde allí la enviarán a un centro.

—¿Qué está diciendo, maldito...?

Papá trató de abalanzarse de nuevo sobre Pauer, y otra vez lo retuvo el señor Beinlein.

—¡Tranquilícese, señor Kaminski! Así, solo conseguirá empeorar las cosas.

Papá agarró al comisario por los hombros y lo zarandeó.

—¡Por favor, señor Beinlein! ¡Todo esto ya es bastante grave! Al menos dejen en paz a mi hija.

—Está bien —suspiró él—. Si su hija puede quedarse con su amiga, por mí que se vaya con ella. Va contra el reglamento, pero en su caso haremos una excepción.

Un policía se aproximó, dispuesto a colocarle las esposas a mi padre.

—¡Deje eso! —le chistó Beinlein—. El señor Kaminski no nos creará problemas, ¿verdad, colega?

—No voy a crear problemas —dijo papá en voz baja—. Pero no vuelva a llamarme colega nunca más.

Yo me quedé parada delante de la ventana, contemplando cómo los coches patrulla se estaban llevando a mi padre. «Ahora tendría que estar llorando», pensé, pero me era imposible. No sentía nada. Había sucedido todo tan deprisa...

Flor me cogió del brazo.

—Lo siento mucho, Ricki. No comprendo nada.

—Yo tampoco —dije. Y por fin me eché a llorar.

Cuando hube agotado todas mis lágrimas, me sentí algo mejor, aunque nada había cambiado: con la carpeta habían recuperado una de las pruebas desaparecidas y papá había sido arrestado. Eso era todo.

—¡Tiene que tratarse de un malentendido! —dije.

Flor, Amanda y yo estábamos sentadas en la cocina.

—O una emboscada. Alguien quiere convertir a tu padre en chivo expiatorio —comentó Amanda.

—Pero ¿quién?

—No lo sé..., aún no. Por ahora, lo mejor sería que os marchaseis a casa de Flor. Necesito pensar con calma. Además, tengo que recoger la casa.

Cuando se enteraron de lo que había ocurrido, la señora Wolff y el abuelo Tornillo se quedaron tan horrorizados como nosotras. Y al igual que Flor y Amanda, trataron de consolarme diciéndome que pronto se aclararía todo. El abuelo Tornillo incluso estaba dispuesto a buscar un abogado. No quiero ni pensar lo que hubiera sido de mí de haber tenido que pasar sola por todo aquello.

Flor y yo nos fuimos a la cama sin cenar. No teníamos hambre. Después de que mi amiga hubiese apagado la luz, continué un buen rato tendida en la cama, con los ojos abiertos.

La luna se reflejaba a través de la ventana sobre la

pared a nuestras espaldas, donde estaba colgado el látigo. Flor ya se había dormido. Respiraba profunda y pausadamente a mi lado. En cierto modo, eso me tranquilizaba. Aunque habría preferido que Flor no estuviese dormida, porque me habría gustado hablar con ella sobre su padre. Mi sospecha acerca de su padre y mi madre era poco razonable, lo sabía. A pesar de todo, no podía dejar de pensar en ello.

A la mañana siguiente, parece que veía el mundo con mejores ojos. Hacía sol y yo estaba segura de que pronto se aclararía el asunto de la carpeta.

Cuando entré en la cocina, la señora Wolff, Flor y el abuelo Tornillo estaban reunidos en torno a la mesa. Inclinados sobre algo, que yo no alcanzaba a ver.

—¿Qué tenéis ahí? —pregunté.

Los tres se dieron la vuelta, sobresaltados. Llevaban escrito en sus caras que bajo ninguna circunstancia yo debía ver aquello que los tenía tan ocupados. Lo cual despertó aún más mi curiosidad.

Cuando me acerqué a la mesa de la cocina, vi lo que estaban tratando de ocultarme. Era el periódico. Inmediatamente descubrí el titular: «¡Antiguo policía arrestado!».

Debajo, se relataba con pelos y señales lo que había sucedido. Incluso habían citado nuestros nombres. Aquello era lo peor. Ojalá que aquel periódico no llegase a casi nadie de la escuela.

La señora Wolff me acarició la espalda.

—De verdad que lo siento, Ricki. No ganas para sustos. Pero seguro que dentro de un par de días todo estará olvidado. Entonces ya nadie se acordará de esta información.

—Eso espero —dije yo.

Curiosamente, una vez que descubrí el titular, apenas me impresionó el contenido de la noticia. No ponía nada que no supiese ya. Solo *yo* estaba totalmente convencida de que mi padre no tenía nada que ver con todo aquello. Lo conocía demasiado bien. Seguramente por eso estaba tan tranquila.

—Ya he llamado a Günter, Willi y Walter —nos informó el abuelo Tornillo—. Me han prometido que van a indagar por ahí. A lo mejor averiguan algo. Después de clase, id al club de boxeo. Quizá me haya enterado de algo más.

En lo referente a la afición a la lectura de mis compañeros, mis expectativas no se vieron confirmadas.

En cuanto entré en el patio de la escuela, me percaté de sus miradas. Aunque nadie me habló del asunto, percibí claramente que todos sabían lo que había ocurrido.

El señor Leimer, nuestro profesor, no se mostró tan considerado, aunque probablemente no lo dijo con malicia.

—Lamento de veras lo que le ha pasado a tu padre, Ricarda —pregonó en voz alta delante de todos, nada más cerrar la puerta del aula—. Estoy seguro de que pronto se aclarará todo en favor vuestro. Todos tus compañeros de clase, incluido yo, somos tus amigos y estamos convencidos de la inocencia de tu padre.

—Gracias —me limité a decir, mientras mis «amigos» callaban. Seguramente pensaban que yo les creía. Incluso Hubert se abstuvo de hacer observaciones. Sabía que se las hubiera tenido que ver con los puños de Flor.

De pronto, me sentí inspirada.

—Señor Leimer, ¿podemos marcharnos Julia y yo después de la cuarta clase? —pregunté—. Queremos hacerle una visita a mi padre.

El profesor tragó saliva.

—Claro, podéis marcharos —acabó diciendo, no muy seguro. Qué remedio le quedaba. Después de todo, era mi amigo.

—Al menos, nos hemos librado de las dos últimas horas —dije, mientras nos dirigíamos al club de boxeo—. Algo bueno tenía que salir de toda esta porquería.

—¿Ya estáis aquí? —preguntó el abuelo Tornillo, asombrado, cuando nos reunimos con él en el viejo pabellón de deportes.

—Tenemos suerte —continuó el abuelo—. Willi, Günter y Walter acaban de estar aquí. Han averiguado algo. Pero vayamos afuera. No tiene por qué enterarse nadie de lo que tengo que contaros.

Salimos afuera y nos sentamos en la escalinata de la puerta principal.

—El asunto del padre de Ricki ha levantado una auténtica polvareda —comenzó diciendo el abuelo Tornillo—. Se habla de ello en todas partes. Que si esto, que si aquello. Pero lo que sí parece seguro es que detrás hay algo más que juego clandestino. Parece que los polis encontraron entre la documentación de *El Ancla Dorada* indicios de un asunto que se remonta a más de un año atrás y que nunca se aclaró. Los chicos no han podido averiguar qué es exactamente, pero debe tratarse de un montón de dinero.

—¿Un asalto a un banco o algo así? —preguntó Flor.

—Puede ser, pero, como he dicho, no lo sabemos con

exactitud. Willi, Günter y Walter siguen en ello. Quizá esta noche me entere de algo más.

—¿Lo sabrá papá? —pregunté—. Puede que la policía se lo haya dicho. Seguramente ya le habrán tomado declaración.

—Es posible —opinó él.

—¿Podemos ir a la cárcel a verle?

—¿Por qué no? Pero seguro que solo en compañía de un adulto.

—¿No puede venir usted con nosotras, abuelo Tornillo? —le pregunté.

El abuelo Tornillo sacudió la cabeza enérgicamente.

—No, mejor no. No me gustan las cárceles. Preguntadle a Amanda. Con lo fisgona que es, seguro que estará encantada de acompañaros. Ha llamado hace un rato para que os dijera que iba a estar en casa. Aunque en realidad, solo quería saber si los muchachos habían averiguado algo.

—¿Qué ha querido decir tu abuelo con eso de que no le gustan las cárceles? —le pregunté a Flor, después de habernos despedido del abuelo.

—Tuvo alguna mala experiencia... de joven —dijo Flor, titubeante.

Yo me limité a asentir con la cabeza. Conocía ya lo suficiente a mi amiga, como para saber cuándo podía mostrar mi curiosidad y cuándo no.

Me faltó tiempo para subir corriendo las escaleras hasta la casa de Amanda. Estaba deseando preguntarle si podía acompañarnos a ver a papá.

La puerta de la casa estaba abierta, como siempre. En el pasillo no se oía ningún ruido.

—¿Estará reunida con su círculo de espiritismo? —preguntó Flor en voz baja.

Nos acercamos con sigilo a la puerta de la habitación donde estaba la mesa redonda y pegamos las orejas.

—¿Oyes algo? —susurró Flor.

Efectivamente, se oía algo. Sonaba como un silbido suave o un trino.

## XIII

—¡PUEDO VOLAR! —gritó de pronto alguien, tan fuerte, que Flor y yo retrocedimos asustadas. Después escuchamos un golpe seco.

Apenas un par de segundos más tarde, la puerta de la habitación se abrió de golpe y salió el hombre con el que papá y yo nos habíamos encontrado ya en nuestra primera visita a Amanda. Llevaba una mano sobre la espalda.

—Tirilí —dijo en voz baja, pasó a nuestro lado, cojeando, y desapareció por la puerta de la casa.

—¿Qué ha sido eso? —le pregunté a Amanda, quien salió poco después detrás del hombre.

—Era el profesor. Ya sabes que se cree un canario. Me parece que podré curarle pronto. Hoy le he aplicado una terapia de choque. Aunque, desgraciadamente, no ha funcionado tan bien como pensaba. Le he dicho que si de verdad era un canario, que echase a volar.

—¿Y después? —preguntó Flor.

—Ha volado. Ha dado una vuelta alrededor de la mesa. Después se ha caído. Espero que no se haya hecho mucho daño.

Flor y yo nos contemplamos. Decidimos, en silencio,

no hacer ningún comentario. Con Amanda debíamos estar preparadas para todo. Ya estábamos habituadas.

—He hablado con tu abuelo —dijo Amanda, cambiando de tema—. Parece ser que efectivamente hay algo más que juego clandestino detrás de todo esto.

—Por eso estamos aquí —le dije—, Queríamos preguntarte si querrías acompañarnos a la cárcel. Quizá papá ya se haya enterado de qué se trata.

Amanda asintió con la cabeza.

—Podría ser. Además, nunca he estado en una cárcel. Seguro que es interesante.

Yo pensaba que nos iban a poner un montón de trabas para visitar a mi padre. Por suerte, me equivoqué. Y que Amanda se hubiese dejado en casa a Sister X, nos resultó sumamente útil.

Apenas un par de minutos después de entrar en la cárcel, ya estábamos sentadas frente a papá, alrededor de la mesa de una habitación desnuda. A un par de pasos de distancia había un vigilante, que nos observaba indiferente. Papá tenía mejor aspecto del que me esperaba. Aunque quizá se debiera solo a que se alegraba de vernos.

—Estoy bien —dijo inmediatamente—. No os preocupéis por mí. Me han apartado del resto de los reclusos. De lo cual me alegro mucho, porque aquí no suelen tratar bien a los policías, aunque ya no lo sean.

—¿Has averiguado algo más? —le pregunté.

—Ya lo creo —suspiró papá—. Me acusan de estar implicado en un robo. Robaron joyas en una mansión.

—Eso es —dije sin darme cuenta.

—¿Qué quieres decir?

—Mi abuelo ha estado indagando —respondió Flor—. Ha averiguado que se trata de algo más que de juego clandestino.

—Parece que tu abuelo tiene buenos contactos —dijo papá—. Efectivamente, se trata de un asunto más grave. Un robo que tuvo lugar hace algo más de un año. Las joyas robadas eran muy valiosas. Pertenecían a un empresario ricachón. Tenía un nombre curioso... ¡Ah, sí, eso es! Satt, ¡se llamaba Ernst Satt! Entre los papeles de los propietarios de *El Ancla Dorada* había alguna referencia a ese robo. Y, precisamente, son esos los papeles que faltan. Lo más descabellado de todo es que yo conozco bien ese robo. Ocurrió precisamente en la ciudad en la que Ricki y yo estuvimos viviendo antes de mi último traslado. Y para colmo, fui yo el policía que me ocupé del asunto.

—¿Usted? —exclamó Flor.

Papá asintió con tristeza.

—Por desgracia, sí. Naturalmente, en cuanto desaparecieron las pruebas, las sospechas recayeron inmediatamente sobre mí. ¡Si no hubiera sido tan tonto como para presentarme en jefatura! Ahora afirman que debí de aprovechar la ocasión para llevarme los documentos.

—Pero si usted no los robó, ¿cómo fueron a parar a su casa? —preguntó Amanda.

—Ni idea. Alguien debió de ponerlos allí. Quizá durante el mismo registro.

—¡Pero entonces tiene que haberlo hecho algún compañero tuyo! —exclamé.

Papá hizo un gesto afirmativo con la cabeza.

—Eso parece. Aquí he tenido mucho tiempo para pensar en ello. Todo encaja: la llamada desde mi teléfono, el aviso anónimo que me inculpa a mí y las pistas que han dejado. Tiene que tratarse de alguien de la jefatura de policía.

—¿Sospecha usted de alguien? —preguntó Amanda.

—Por supuesto: ¡Pauer! Está haciendo todo lo posible para colocarme a mí el muerto.

—Pero ¿por qué? —volvió a preguntar Amanda—. ¿Qué va a sacar de ello?

Papá soltó una carcajada.

—Es muy sencillo. Él mismo debe de estar implicado en el asunto y necesitaba una víctima para no levantar sospechas. Y lo que saca de todo esto es dinero, mucho dinero. Por aquel entonces el seguro pagó casi un millón de marcos. En el mercado negro las joyas no tendrán tanto valor, pero sigue mereciendo la pena. El caso es que de momento las joyas continúan sin aparecer. O bien están escondidas en alguna parte o bien las han desmontado y han vendido las piedras sueltas. Mis compañeros reclamaron las fotografías a la compañía de seguros. Pero no las han recibido. Probablemente también sea obra de Pauer. Seguro que ha conseguido las fotos y las ha hecho desaparecer. Lo que no sé es si él mismo tomaría parte en el robo o simplemente recibe un tanto a cambio de proteger a los ladrones. ¡Tiene que estar implicado!

—Es una acusación muy grave —opinó Amanda—. Primero tendremos que probarlo.

—Lo sé —dijo papá, bajando la voz—. No he hablado con nadie de mis sospechas.

—Quizá encontremos pruebas —dijo Flor—. Seguro que el abuelo nos ayuda.

—Eso espero.

Desde la cárcel nos dirigimos de nuevo al club de boxeo. El sol y el viaje en Bubi consiguieron levantarme algo los ánimos.

Pero, ante todo, ahora sabíamos en qué andábamos metidos. ¡Debíamos demostrar que papá no tenía nada que ver con el robo de la mansión! Aunque suene extraño, de algún modo me tranquilizaba tener un objetivo a la vista. Como el abuelo Tornillo ya no estaba en el club, nos fuimos inmediatamente a casa de Flor.

—Me alegro de que hayáis venido —dijo él a modo de saludo—. Tengo un montón de novedades para vosotras.

—Pero espera a que entren primero, padre —intervino la señora Wolff—. Además, primero me gustaría saber qué tal le va al señor Kaminski. ¿Lo está pasando muy mal? —me preguntó preocupada.

—No le va mal. Le han separado de los otros reclusos. Y le han dicho de qué lo acusan.

—Ahora sí que estoy intrigado —dijo el abuelo Tornillo.

—No se trata solo de juego clandestino como sospechábamos —explicó Amanda.

—¡Como *yo* sospechaba! —la interrumpió el abuelo—. Además, yo también sé lo que se esconde detrás.

Amanda apoyó sus puños en las caderas.

—Entonces, cuéntelo, adelante. ¡Usted parece saberlo todo!

—¡Todo no! ¡Pero casi! ¡Se trata de un robo que ocurrió hace un año, aproximadamente! Nunca encontraron el botín —exclamó el abuelo Tornillo, triunfante, enarbolando su colilla.

Amanda ladeó la cabeza.

—¡Ajá! ¡No está mal! Entonces, seguro que también sabrá lo que robaron. Y quién investigó el caso.

—Ejem... no, eso no —admitió él, abochornado.

—Eran joyas valoradas en un millón de marcos. De momento aún no han aparecido. Y lo peor es que precisamente entonces se ocupó del caso el señor Kaminski.

La colilla del abuelo Tornillo quedó tristemente suspendida sobre su labio inferior.

—Pobre criatura...

—Y ahora Pauer opina que papá también estuvo implicado en el robo —dije yo.

—Es imposible que sea una coincidencia —dijo la señora Wolff—. Alguien está tratando de involucrar a tu padre.

—Eso mismo piensa él. Está convencido de que es el mismo inspector Pauer.

—¡Esperad un momento! —exclamó el abuelo, levantando de pronto las manos—. ¿No dijo tu padre que los dueños de *El Ancla Dorada* se marcharon después de que los avisaran y que después regresaron?

—Sí, eso creo.

—Seguro que tiene que ver con el botín. O bien primero se llevaron las joyas y volvieron a por otra cosa a *El Ancla Dorada*, o al revés.

—No puede haber sido al revés —dedujo Amanda—. La policía registró todo el edificio. Si las joyas o el dinero hubiesen estado escondidas allí, seguro que los habrían encontrado. Hacen unos registros muy intensos. Ya hemos tenido ocasión de comprobarlo nosotros mismos.

El abuelo Tornillo se rascó la barbilla.

—Apenas tuvieron tiempo entre la llamada y la aparición de la pasma —reflexionó en voz alta—. Si se llevaron las joyas, no debieron planearlo bien. Seguro que volverán al escondite para recogerlas o esconderlas mejor.

—Yo podría echar un vistazo por allí —propuso Amanda—, con Sister X.

El abuelo Tornillo se tocó la frente con la punta del dedo.

—A usted le falta un tornillo. Primero, no va a encontrar nada, y segundo, es demasiado peligroso. Y llevarse a una oveja es de no estar en sus cabales.

—¡Padre! ¡Por favor! —exclamó la señora Wolff—. ¡No seas tan maleducado! Además, Amanda solo está intentando ayudar al señor Kaminski.

—Y yo también —refunfuñó el abuelo—. Que haga lo que quiera.

—Está bien —dijo Amanda—. Entonces lo haré mañana por la noche. Ya le he echado una ojeada al local. Tiene una entrada trasera. ¿Cuándo suelen reunirse allí más clientes? —preguntó a la señora Wolff.

—Abren hacia las siete. A esa hora aún no hay mucho jaleo. Pero sobre las diez está hasta los topes.

—Bien, entonces ya habrá oscurecido bastante. Así que, a las diez, mañana por la noche.

—¡Nosotras vamos contigo! —exclamé inmediatamente.

Flor me dio un codazo.

—Y si nos pillan, ¿qué? —preguntó en voz baja.

—Qué va, estaremos con Amanda.

—No, no —dijo la señora Wolff—. Hasta ahí podíamos llegar. Vosotras os quedaréis en casita. Iremos el abuelo y yo.

El abuelo Tornillo miró a su hija con los ojos como platos.

—¡Gerda! Casi no te reconozco.

—¡Se trata del señor Kaminski! —insistió la señora Wolff—. ¡Y de Amanda! Mañana por la noche iremos los dos a *El Ancla Dorada,* algo antes de las diez, y entretendremos a los dueños. De ese modo, Amanda podrá echar un vistazo con calma.

—De todas formas, yo me voy con Amanda —dije, cuando Flor y yo ya estábamos en la cama.

—¿No tienes miedo? —preguntó ella.

—Claro que tengo miedo, pero quiero ayudar a papá. A lo mejor descubro algo que se le haya pasado a Amanda. Pero si tú no quieres venir, porque te parece demasiado peligroso, no voy a enfadarme contigo; voy a ir de todos modos.

—Me lo pensaré —dijo Flor, después de un rato, y cerró los ojos.

Ya casi estaba dormida, cuando volvió a darme un codazo.

—Yo también voy. ¡Buenas noches!

Al día siguiente, el tiempo estaba empeñado en no correr. No sé cuántas veces miré el reloj, hasta que por fin se marcharon Amanda, el abuelo Tornillo y la madre de Flor. Amanda, la señora Wolff y Sister X se fueron con Bubi, mientras el abuelo Tornillo las seguía en bicicleta. Se había negado tajantemente a sentarse en el sidecar al lado de Sister X.

Flor y yo nos esperamos un par de minutos más y después sacamos las bicicletas del sótano. Por suerte, la señora Wolff tenía una que podía servirme a mí.

No habíamos calculado bien el recorrido hasta *El Ancla Dorada*. Cuando llegamos allí, ya eran casi las diez. Vimos a Bubi en una esquina de la calle. De modo que Amanda ya debía estar dentro del local.

Aparcamos las bicicletas en una puerta, al lado de *El Ancla Dorada,* y nos metimos en el patio sigilosamente. Si había un acceso por la parte trasera, tendría que conducir a la casa desde allí.

Tuvimos suerte. Precisamente Amanda estaba hurgando en una puerta cuando nosotras llegamos al patio. Sister X fue la primera en percatarse de nuestra llegada. Nos miró y entonces le dio un empujón a Amanda. ¡Había alertado a Amanda de nuestra presencia! Esta se volvió inmediatamente hacia nosotras.

—¿Qué hacéis aquí? —nos susurró—. No deberíais haber venido.

—¿Crees que puedo quedarme tan pancha, tratándose de papá? —le susurré yo.

Amanda me miró un instante y después se encogió de hombros.

—Ya que estáis aquí, podéis venir conmigo. Ocho ojos ven más que cuatro.

La entrada trasera conducía a un tétrico pasillo, desde el cual se accedía a varias puertas. Amanda se puso a hacer sus deducciones, igual que Sherlock Holmes en sus mejores tiempos.

—Esta es una puerta de aluminio —susurró—. Seguro que conduce a una cámara frigorífica o a un almacén. La puerta de al lado está demasiado estropeada. Seguramente corresponde a un cuarto trastero. Pero esa de ahí atrás tiene los cristales esmerilados. Tiene todo el aspecto de una puerta de despacho.

Apenas acababa de decirlo, salió disparada. Flor, Sister X y yo la seguimos sin hacer ruido. La puerta del despacho estaba cerrada. Amanda sacó algo de su bolsillo, hurgó un poco en la cerradura y enseguida la abrió. La oscuridad me impidió ver con qué lo había hecho. Además, enseguida volvió a guardárselo.

El despacho tenía el mismo aspecto que cualquier otro. Había dos mesas de despacho, un par de archivadores y un tresillo para las visitas. En las paredes había un calendario y un par de pósteres con chicas medio desnudas.

—En este despacho trabajan hombres —susurró Amanda—. Eso está claro. Así que debe pertenecer a los propietarios. ¡Estamos en la boca del lobo! Primero vamos a registrar las mesas, después los archivadores. Así que ¡adelante!

Yo me dirigí a una. Flor y Amanda se ocuparon de la otra. Sister X se quedó parada en el centro de la habitación, mirando a través de sus gafas de sol.

Sobre la mesa había un almanaque. Recordé que Amanda había averiguado por medio de una agenda que iba a haber una redada en *El Ancla Dorada*.

Sin embargo, las anotaciones de este almanaque no parecían ser tan interesantes. La mayoría me resultaban indescifrables. Pasé la página para ver la del día siguiente. Me fijé inmediatamente en una gran «P». Estaba escrita entre las cuatro y las cinco de la tarde.

—¡Amanda! ¡Flor! —susurré—. ¡Venid aquí!

Se acercaron a mí casi a la vez. Les señalé la letra.

—Interesante —comentó Amanda—. Pero puede significar muchas cosas. Vamos a seguir buscando.

Flor se dio la vuelta para volver a la otra mesa de

despacho. Debió de tropezarse con una papelera. Desgraciadamente, era de metal. En aquel profundo silencio, sonó como si se hubiese desparramado un cargamento entero de vigas de hierro sobre el suelo.

No nos movimos ni un milímetro. Amanda y Flor parecían dos maniquíes. Yo contuve el aliento. Durante un instante el silencio fue total, después oímos pasos.

## XIV

—¡VIENEN AQUÍ! —exclamó Flor en voz baja. Apenas podía controlar su voz—. ¡Van a cogernos!

Amanda echó una ojeada a su alrededor.

—¡Ahí hay una ventana! ¡Por el pasillo no podremos!

—¡Pero no vamos a conseguirlo! —le respondí en un susurro.

—Sí, lo conseguiremos —dijo Amanda, muy tranquila—. Quedaos donde estáis.

Se fue a donde estaba Sister X y la colocó mirando hacia la puerta. Después, le quitó las gafas durante unos instantes. Flor y yo no pudimos ver el aspecto que tenía Sister X sin gafas, porque estaba de espaldas a nosotras. En cambio, sucedió algo distinto. Aunque antes el silencio era bastante perceptible, podían escucharse algunos ruidos amortiguados. Pero en el momento en que Amanda liberó a Sister X de sus gafas de sol, el silencio fue total. Nunca había experimentado tal silencio. Era como si me faltase el aire.

—¡Ahora, fuera de aquí! —ordenó Amanda, mientras volvía a ponerle las gafas a Sister X. Pasó precipitadamente a nuestro lado y abrió la ventana de par en par. Flor fue la primera en reaccionar. En un santiamén se plantó en el patio. Como yo no me decidía, Amanda fue la siguiente en trepar al alféizar de la ventana. Cuando quise seguirla, descubrí un librito negro, que estaba junto al almanaque. Sin pensármelo, me apresuré a cogerlo y me lo metí en el bolsillo, sin que Amanda o Flor se percatasen.

—¡Ven, bonita! —llamó Amanda a Sister X, cuando yo ya había pasado por la ventana. La oveja dio un salto hasta el alféizar y después al patio. Luego, Amanda cerró cuidadosamente la ventana desde afuera.

—¡Vamos, daos prisa! —nos gritó y salió corriendo.

Mientras corría, volví a escuchar ruidos. Era como si me hubiese liberado de una sordera pasajera.

Corrimos, sin mirar atrás, hasta que alcanzamos la moto de Amanda. Por si acaso, nos escondimos en un sombrío portal. Esperamos durante un par de minutos, pero no parecía seguirnos nadie.

—¡Cómo lo siento! —exclamó Flor—. ¡Lo he echado todo a perder! Si me hubiese quedado en casa...

Amanda sacudió la mano.

—¡Qué va! No te preocupes. Le puede pasar a cualquiera. Además, hemos descubierto una cosilla.

—¿Te refieres a la «P» del almanaque? —pregunté.

—Sí, quizá nos sirva.

Reflexioné si debía contarle a Amanda lo del libro que había sustraído, pero decidí quedármelo. Quizá aquello fuese una pequeña venganza porque los adultos no nos habían dejado acompañarlos.

—Por cierto, ¿cómo habéis venido hasta aquí? —preguntó Amanda.

—Con las bicicletas —respondió Flor—. Están en un portal que hay al lado de *El Ancla Dorada.*

—Entonces id a buscarlas enseguida y marchaos a casa. Si os dais prisa, podréis estar acostadas, antes de que la madre y el abuelo de Flor se den cuenta de que habéis venido aquí.

—Amanda —le dije, porque no podía resistirme a preguntarle—, ¿qué ha sido lo que has hecho antes con Sister X y por qué de repente había un silencio tan grande? Ni siquiera se oían los pasos del pasillo.

—¡Sí! —exclamó Flor—. Yo también me he dado cuenta. Daba miedo de verdad.

—Si fueseis clientes míos, solo os diría que Sister X tiene poderes. Al fin y al cabo es extraterrestre. Pero a vosotras puedo deciros que no ha sido más que un truquito supergaláctico —dijo Amanda, y nos hizo un guiño.

—Un truquito —repitió Flor, mientras íbamos a buscar nuestras bicicletas—. Eso ha sido algo más que un *truquito.*

—Seguro —dije yo—. Pero me parece que en realidad no me apetece demasiado saberlo.

Conseguimos acostarnos justo antes de que volviesen Amanda y los demás.

Después de que la señora Wolff echase un vistazo a nuestro oscuro dormitorio, nos levantamos sin hacer ruido y entreabrimos la puerta.

—¡Creía que iba a darme un infarto! —escuchamos decir a la señora Wolff—. Al principio todo marchaba estupendamente. Les he dicho que deseaba volver a trabajar allí y los dos han reconocido que los habían tenido que soltar de la cárcel.

—Allí los vi yo —dijo el abuelo Tornillo—. Se nota a la legua que son unos maleantes. Traje blanco, bronceados y cadenitas de oro. Los bíceps como melones, pero el cerebro más pequeño que un guisante. ¡Igual que en la tele!

—Pero entonces hemos oído un fuerte golpe —siguió contando la señora Wolff—. Y uno de ellos se ha ido corriendo a echar un vistazo. He estado a punto de salir corriendo, pero me ha dado miedo llamar demasiado la atención. Además, uno de los dos seguía con nosotros. Menos mal que el otro ha vuelto enseguida, diciendo que solo se trataba de un gato.

—Cuando nos han comunicado que ya habían encontrado otra camarera, hemos podido marcharnos tranquilamente —dijo el abuelo Tornillo, completando el relato.

—Y a usted, ¿qué tal le ha ido, Amanda? —preguntó la señora Wolff.

—Nosotras..., quiero decir, yo no he descubierto gran cosa. Solo una anotación en una agenda para mañana. Una gran «P».

Ya habíamos escuchado suficiente. Todo había salido bien. Me acosté en la cama y me desperecé. Aún no había consultado los secretos que guardaba el librito. Y tampoco le había dicho nada a mi amiga. Ahora era demasiado tarde para eso. Además, estaba molida. Ya lo revisaría tranquilamente al día siguiente.

Me quedé mirando a Flor. Estaba tumbada de espaldas a mí. ¿Estaría dormida? Me incliné sobre ella y la oí llorar.

Posé con cuidado una mano sobre su hombro.

—¿Qué ocurre? —le pregunté en voz baja—. ¿Te pasa algo?

—Nada —contestó ella, sorbiendo.

—Entonces, ¿por qué estás llorando?

Flor se incorporó tan bruscamente, que le faltó poco para atizarme un golpe en la barbilla con el hombro.

—¡Porque lo he echado todo a perder! —exclamó, dando un puñetazo sobre la colcha, mientras dos lagrimones resbalaban por su rostro—. Incluso he estado a punto de complicarles las cosas al abuelo y a mamá. ¿Y qué hemos conseguido? ¡Nada de nada!

Tan grande y fuerte como era mi amiga y estaba hecha un mar de lágrimas.

—Yo no diría eso —le dije, agarrándola del brazo.

Flor me miró perpleja. Incluso dejó de llorar.

—¿A qué te refieres?

Me levanté, fui a donde estaban mis cosas y saqué el librito negro de mi bolsillo. Comprobé que se trataba de una agenda, tal como me había imaginado.

Volví a acurrucarme bajo las sábanas, junto a Flor, y le puse el libro delante de sus narices.

—¡Mira! Lo he cogido del despacho.

—¿De verdad? —se asombró Flor—. ¿Y si lo echan en falta?

—¡Qué más da! No saben quién lo ha robado. ¿Tienes una linterna?

Flor se agachó y cogió algo de debajo de la cama.

—Siempre tengo una aquí, por si he de salir por la noche.

—Entonces enfoca aquí —dije, hojeando el librito. Estaba lleno de direcciones y números de teléfono. En caso de que pudiéramos acusar a esos dos sinvergüenzas, seguro que le haría un buen servicio a la policía. Pero antes quise averiguar una cosa.

—¿Por qué estás mirando en la «K»? —preguntó Flor—. ¿Crees que tendrán vuestro número de teléfono?

—No, pero voy a comprobarlo, por si acaso.

Me sentí algo avergonzada por mis pensamientos, pero tenía que saber si nuestro número de teléfono estaba en el libro. Yo creía a papá. Sin embargo, no podía evitarlo. Una vez, él me había contado que a mucha gente se la considera culpable en cuanto la meten en la cárcel, da igual que sea cierto o no. Probablemente, tenía razón. Revisé uno a uno todos los números de teléfono que figuraban bajo la «K». El nuestro no estaba.

—Pues claro —dijo Flor, casi reprochándomelo—. Y ahora mira a ver lo que pone en la «P».

En cuanto abrí la página, la «P» apareció ante nosotras, como si hubiera estado esperando a que la descubriésemos.

Flor estaba tan entusiasmada, que temí que se acurrucase en mi regazo de un momento a otro.

—La misma «P» que en el almanaque. Y además hay un número de teléfono. ¿Lo conoces?

—No estoy muy segura. Creo que el número que tenía papá era bastante parecido. Pero no estoy segura del todo. Tampoco llevaba tanto tiempo trabajando allí. Solo le llamé una o dos veces.

—¿Crees que la «P» se referirá a Pauer? —comentó Flor. Sí, lo mismo había pensado yo cuando la vi por primera vez—. ¿O crees que será casualidad?

—Hace mucho que no creo en las casualidades —respondí, y pensé en el látigo que estaba colgado a mis espaldas.

—¿Sabes lo que vamos a hacer? —los ojos de Flor brillaban. Ya se había olvidado de sus lágrimas—. Cerca de la escuela hay una cabina de teléfono. ¡Mañana por la mañana, a primera hora, llamaremos a ese número! A pesar de que nos habíamos atiborrado de valor, a base de ositos de goma, nos quedamos un buen rato indecisas delante de la cabina, antes de entrar.

Yo leí el número en voz alta y Flor lo marcó. Le temblaba la mano. En cuanto terminó, me puso el auricular en la mano. Me lo acerqué a la oreja. Primero se escucharon un par de crujidos y después la señal de línea libre. En cuanto sonó el segundo tono, descolgaron.

—¿Sí? ¿Pauer?

Bruscamente colgué el auricular en su sitio.

—¿Qué? —exclamó Flor.

—Pauer —dije solamente.

Flor se dejó caer sobre la pared de la cabina.

—¡O sea, que sí! Tu padre tenía razón. ¡Dios, Ricki! ¡Esa es la prueba!

Yo levanté las manos.

—¡Esto no demuestra nada! Piénsalo. Entramos en un despacho y vemos una «P» en un almanaque, que a lo mejor ya ha sido destruido. Y tenemos una agenda de bolsillo, que he robado yo y en la que ni siquiera pone el nombre del propietario. ¿Qué va a demostrar que hayamos encontrado en este libro el número de Pauer? Podríamos haberlo escrito nosotras mismas.

Flor dio una patada.

—¡Tienes razón! ¿Qué hacemos ahora?

—Me gustaría ir a ver a papá y contárselo todo, pero seguro que no nos dejarán pasar sin un adulto. Tenemos que ir a casa de Amanda este mismo mediodía.

—¡Sois unas auténticas profesionales! —exclamó Amanda, aplaudiendo—. ¿Por qué no me dijisteis ayer nada de la agenda?

—No lo sé —respondí encogiéndome de hombros—. Queríamos intentarlo solas.

—Y lo habéis conseguido. Aunque lo que has dicho es cierto. El hecho de que aparezca en esta agenda el número de servicio de Pauer no demuestra nada. Por lo menos nada que pueda servir en un juicio.

—¿Cómo sabes que se trata de su número de servicio? —preguntó Flor.

Amanda se levantó y se marchó. Poco después volvió con la guía de teléfonos.

—Aquí está —dijo, después de buscar un rato—. Pauer, Hans Otto, inspector de Brigada Criminal. Parece propio de este chivato añadir la profesión. Pero el número es diferente. Vamos a ver si está en jefatura de policía.... ¡Sí, aquí está! Las primeras cuatro cifras coinciden. Las otras tres corresponden seguramente a cada uno de los aparatos.

—¿Vamos a ver a papá para contárselo? —pregunté—. Seguro que se va a alegrar de que hayamos averiguado tantas cosas.

Amanda miró su reloj, pensativa, y dijo:

—Es demasiado tarde. La «P» de la agenda estaba apuntada entre las cuatro y las cinco. Ahora son las dos. En el peor de los casos, solo nos quedan dos horas. Tenemos que averiguar qué van a hacer a las cuatro esos tipos, o con quién se han citado.

—¿Podemos acompañarte esta vez? —pregunté—. Después de todo, lo hemos descubierto nosotras.

—Seguro que mamá y el abuelo no van a estar de acuerdo —comentó Flor.

Amanda asintió con la cabeza.

—Eso me temo yo también. Pero podríamos emplear

un pequeño truco. Yo llamo a tu madre y a tu abuelo y les digo que vamos a quedar un poco antes de las cuatro en los alrededores de *El Ancla Dorada* para observar lo que pasa. A vosotras ni os mencionaré. Pero nadie puede prohibiros que aparezcáis *casualmente*.

—¡Si esto es una casualidad, me trago una escoba! —exclamó el abuelo Tornillo, después de contarle nuestra excusa.

—De verdad que es una casualidad —añadí enseguida, para que Flor no tuviese que mentir a su abuelo—. Nos hemos enterado por casualidad de que Amanda los había llamado por teléfono.

—Bueno, entonces quedaos —dijo la señora Wolff—. Al fin y al cabo es de día. ¿Qué puede pasar?

El abuelo, Amanda y la señora Wolff se habían escondido detrás de un camión que estaba aparcado. El abuelo había deshinchado una de las ruedas de su bicicleta y ahora la estaba reparando «discretamente», mientras Amanda y la señora Wolff observaban, «discretamente» también, *El Ancla Dorada.* Nosotras nos colocamos detrás de ellos.

—Ahí no pasa nada —dijo la señora Wolff, después de que el abuelo hubiese desinflado su rueda por quinta vez y la hubiese vuelto a inflar otras tantas veces.

—¿No puedes hacer otra cosa? —preguntó Flor—. Vas a llamar la atención.

—Bah —refunfuñó el abuelo—. La gente ni se fija.

—¿Qué vais a hacer si se marchan en coche? —pregunté yo.

—No van a pasar desapercibidos —respondió la señora Wolff—. Esos dos tienen uno de esos cochazos americanos de nuevo rico.

—Además, ahí delante hay una parada de taxis —dijo el abuelo Tornillo—. Si tratan de largarse en el coche, cogemos uno y los seguimos.

Como si hubiesen estado escuchando lo que estábamos diciendo, en aquel momento salió del patio, que lindaba con *El Ancla Dorada,* un reluciente cochazo.

—¡Ahí están! —gritó Amanda—. ¡Vamos por un taxi!

Del susto, el abuelo Tornillo tiró su bicicleta, dio un brinco y se puso a correr detrás de ella y de su hija.

—¿Y qué pasa con nosotras? —le grité.

—¡Vosotras quedaos aquí y vigilad las bicicletas! ¡De todas formas no cabemos todos en un taxi!

El abuelo Tornillo consiguió cerrar la puerta a tiempo y el taxi salió pitando detrás del cochazo. Pasó a nuestro lado chirriando.

—¡Cuidar de las bicis! ¿Somos unos bebés o qué? —protestó Flor, y le dio una patada a la rueda recién inflada del abuelo Tornillo.

Yo me fui a por la bicicleta de la señora Wolff y me monté en ella.

—Vamos a casa. Se terminó el espectáculo.

—¡No ha terminado! ¡De eso nada! —exclamó Flor, y señaló en dirección a *El Ancla Dorada.*

Me di la vuelta. Salieron dos hombres y se encaminaron a la parada de taxis. Eran tan llamativos como papagayos en medio de una bandada de gorriones, con su trajes blancos y sus cadenitas de oro colgadas al cuello.

## XV

—¿SERÁN ELLOS? —preguntó Flor.

—¡Me apostaría una tonelada de ositos de goma! ¡Venga, vamos a seguirlos!

Los dos hombres se subieron en un taxi y se alejaron de allí, justo en dirección contraria al lujoso cochazo.

—¿En bicicleta? —preguntó Flor, perpleja.

—¡Son las cuatro y media! ¡Hora punta! —grité, y me puse a pedalear.

—¡Espera! ¡Voy contigo! —oí gritar a Flor detrás de mí.

Por de pronto, tuvimos suerte. Estábamos en el centro de la ciudad y había atascos desesperantes en todas las calles. El taxi se vio obligado a detenerse casi en todos los semáforos. Así que no tuvimos ningún problema para seguirlos.

Pero cuanto más nos fuimos alejando del centro de la ciudad, más difícil nos resultaba. Algunas veces conseguíamos ver el taxi justo cuando desaparecía detrás de una esquina. Pedaleamos todo lo que daban de sí nuestras piernas y nuestros pulmones. Flor me sacaba constantemente una ventaja de al menos diez metros. Quizá sí que debería apuntarme a su club de boxeo. Cuando ya me estaba dando por vencida, mi amiga frenó bruscamente, dio la vuelta a su bicicleta y se volvió atrás.

—¿Qué pasa? —pregunté sin aliento—. Ya no puedo más.

—Han parado —dijo Flor en voz baja—. El taxi está ahí delante, en una bocacalle.

Nos colocamos en la puerta de una casa y esperamos. Poco después el taxi pasó a nuestro lado. Aparte del conductor, no se veía a nadie.

—Se han bajado —dijo Flor—. ¿Los seguimos?

—¿Tú qué crees? ¿Para qué nos hemos matado a pedalear?

Nos fuimos a pie al lugar en el que Flor había visto el taxi. Dejamos las bicicletas con el candado puesto. El sitio en el que nos encontrábamos no era demasiado tranquilizador, precisamente. Sobre todo, porque no había ni un alma por allí. Si aquellos tipos nos descubrían, probablemente se darían cuenta inmediatamente de que estábamos allí por ellos.

Caminamos con sigilo, paso a paso. Tenían que estar en algún tramo de aquella calle. Todos los edificios parecían pertenecer a fábricas o estaban deshabitados.

De pronto, Flor se detuvo.

—Los oigo —susurró.

Avanzamos un par de pasos más y asomamos las cabezas por la esquina de una casa. Los matones estaban parados en el centro de un patio trasero abandonado, charlando. Como entre nosotras y ellos se alzaban montañas de desperdicios, pudimos acercarnos lo suficiente como para poder entender lo que decían.

Flor y yo nos acurrucamos en el suelo y nos abrazamos. Así nos sentíamos un poco más seguras.

Entre la montaña de escombros y basura podía distinguirlos perfectamente. El abuelo Tornillo tenía razón. Habrían quedado muy bien en una película de gángsteres. Y eran tan parecidos, que habrían podido pasar por hermanos. Quizá se debiera a que no solo vestían casi la misma ropa, sino que ambos llevaban el pelo recogido en una coleta y rostros refritos de lámpara ultravioleta. Solo que uno era rubio y el otro moreno.

—¿Has visto el salto que ha dado la vieja cuando se ha metido en el taxi? —preguntó el rubio—. Casi me parto de risa. Lo que me gustaría saber es por qué nos estaba vigilando.

—Seguramente está de parte del ex *poli,* que ahora está en la trena.

—¡Eso sí que es genial! —dijo el rubio, echándose a reír otra vez—. ¡Un *poli* de chivo expiatorio! La cosa no puede ir mejor. Espero que la vieja no nos meta en líos. ¿Nos ocupamos de ella? ¿Qué te parece?

El moreno sacudió la cabeza.

—Esa es inofensiva. Me preocupa más la Wolff. Hoy estaba allí también. ¿Sabrá algo?

—¡Qué va! —exclamó el rubio—. Esa no tiene ni idea. Si no, hace tiempo que nos habría echado los *polis* al cuello.

Flor me tiró del brazo.

—¿Has oído eso? Están hablando de nosotros.

—¡Ua! —gemí y me froté el hombro—. Lo sé. Pero ahora tranquilízate; si no, nos descubrirán.

El rubio no dejaba de pasearse impacientemente de un lado a otro y de mirar su reloj.

—¡Maldita sea! ¡Tenía que haber llegado ya hace rato! ¡Espero que no nos deje colgados!

—¡No seas cagueta! —le espetó el moreno a su socio—. Hasta ahora nos hemos fiado de ella. Y sus planes siempre han funcionado. Además, ella es la jefa.

—¡Por eso! Es una *poli* guapa, pero una *poli*. ¡Y no me fío de ellos! Además nos dijo que volviésemos a *El Ancla Dorada* después de dejar las piedras en su casa. Todavía no me explico para qué. Me parece que esa nos ha engañado.

—Volvimos a *El Ancla Dorada* para recoger la carpeta, ¿o es que ya no te acuerdas? ¡Deja de pensar, eso lo hace ella mejor que tú! Además, ya estamos otra vez fuera.

Flor y yo nos miramos. Yo sabía que estaba pensando lo mismo que yo. ¡Habían hablado de *ella*! ¡De modo que no podían referirse a Pauer! Solo quedaba una persona: ¡Lily Lassalle!

Un sonido agudo interrumpió bruscamente mis pensamientos. Era el móvil del moreno. Se puso a rebuscar en su bolsillo y lo sacó, molesto.

—¿Sí?... ¡Ah, eres tú! ¿Dónde te has metido? ¡Wolle y yo nos estamos metiendo una panzada a estar de pie!... ¡Sí, lo sé! ¡Pero nosotros también nos arriesgamos! ¡Después de todo nos metieron a nosotros en la trena, no a ti! ¡Si nos hubieses avisado con más tiempo, nos lo habríamos ahorrado!... Que sí, que adelantaron la redada. Ya lo sé. Bueno, ¿cuándo vas a venir?... ¿Cómo? ¿Que no? ¿A qué viene eso? ¡Tú misma dijiste que la mercancía quemaba! Menudo marrón se me viene encima... ¿Cómo? ¿Estás loca?... No, no quería decir eso... No grites, por favor... Está bien, entonces el domingo.

El moreno se quedó mirando el móvil con gesto compungido.

—¿Qué pasa? —preguntó el rubio—. ¿Qué ha dicho?

Su socio sacudió la cabeza.

—Empiezo a pensar que está tocada. Quiere ponerse las joyas en la fiesta de los *polis,* antes de que las vendamos.

—¿Está loca? —exclamó el rubio.

—Eso mismo le he preguntado yo, pero se ha echado a reír —dijo el moreno con tristeza—. Dice que quiere divertirse un poco. Que al haber interceptado las fotos del seguro, sus compañeros no tendrán ni idea de cómo son las joyas. Y que, además, son demasiado estúpidos como para darse cuenta de algo.

—¿Y ahora? —preguntó el rubio—. ¿Qué vamos a hacer ahora?

—Volver y esperar hasta el domingo. Nos traerá las joyas. A la misma hora y en el mismo sitio.

—¿Volver? —exclamó el rubio—. ¿Con qué?

Desconcertado, el moreno echó un vistazo a su alrededor.

—Ah, claro, hemos venido en taxi. Ya se ha marchado. Tendremos que ir andando.

—¿Andando? —chilló el rubio—. Tengo los zapatos llenos de polvo. ¿Y si me mancho el traje?

—Pues lo llevas directamente a la tintorería. Deja ya de lloriquear y vamos ya. No me apetece echar raíces aquí.

Contuve la respiración. Si tomaban el camino hacia la carretera por la que habíamos venido, nos descubrirían, seguro.

Se me quitó un peso de encima cuando vi que se marchaban justo en la dirección contraria, mientras el rubio seguía quejándose de que sus zapatos se iban a estropear.

Flor y yo continuamos sentadas, sin movernos. Cuando dejamos de oírlos y nos aseguramos de que ya no podían vernos, salimos de nuestro escondite.

—¡Se me va a salir el corazón del pecho! —jadeó Flor—. ¡No me lo puedo creer! ¿Estará conchabada con ellos la Lassalle?

—¡Pues claro! ¿Quién si no? Trabajaba con papá. ¡Y tiene las joyas!

—Me he asustado cuando han dicho que sabían que los estábamos vigilando. Se han burlado de mamá, de Amanda y del abuelo. Y si no quisieran vender las joyas como sea y largarse, seguro que tendríamos problemas con ellos —dijo Flor.

—Aún podemos encontrar la manera de atraparlos —dije—. Hasta el domingo tenemos tiempo.

—¿De verdad crees que esa Lassalle va a llevar puestas las joyas en la fiesta de la policía? ¡Está chiflada!

—Ya lo creo. Pero es nuestra oportunidad. Lo mejor será que vayamos enseguida a ver a Amanda para decidir qué hacemos.

—¿No sería mejor avisar a la policía? —opinó Flor—. Han dicho que las joyas están escondidas en la casa de Lily Lassalle. Solo tienen que registrarla igual que han hecho con la vuestra.

—No, me parece demasiado peligroso. No sabemos quién más estará conchabado con ellos. Acuérdate de la «P» y de que fue Pauer quien se puso al teléfono.

—La «P» podría significar solo policía. Y puede que Pauer contestara desde el aparato de Lily.

—¡Podría, podría! Pero no lo sabemos. Así que, vamos a ver a Amanda.

Por suerte, no vimos ningún traje blanco en la carretera. La verdad, no debían tener muchas luces aquellos tramposos si volvían a pie en lugar de llamar a un taxi con el móvil.

Nos montamos en nuestras bicicletas y nos volvimos por el mismo camino por el que habíamos venido. Cuando llegamos a *El Ancla Dorada,* Bubi había desaparecido.

—Seguro que ya están en casa de Amanda —dije.

—Uf —suspiró Flor—. Espero que el abuelo y mamá no nos gruñan por las bicicletas.

—¿Dónde están las bicicletas? —exclamó el abuelo Tornillo, cuando aún no habíamos soltado el pomo de la puerta.

—¡Las necesitábamos! —dijo Flor, cabizbaja.

—¿Las necesitabais? —exclamó el abuelo Tornillo—. ¿Y por eso he tenido que atravesar media ciudad al lado de ese bicho maloliente en el sidecar de esa tartana?

—¡Sister X no es ningún bicho maloliente! —exclamó Amanda—. Lo sabe usted perfectamente. Es extraterrestre y...

El abuelo Tornillo se tocó la frente con el dedo índice.

—¡Yo también soy extraterrestre! ¡Un marcianito verde! ¡Bip, bip, bip!

—¡Padre! ¡No seas majadero, por favor! —le reprochó la señora Wolff—. Deja que hablen las niñas primero. A lo mejor han averiguado algo..., no como nosotros.

Amanda hizo una mueca.

—Hemos caído con el truco más viejo del mundo. Nunca me lo perdonaré.

—No importa —me apresuré a decir—. Hemos resuelto el caso, bueno... casi.

Mientras relatamos nuestra persecución y lo que nos había ocurrido en aquel patio abandonado, reinó un silencio total en casa de Amanda.

—¿Lily Lassalle? ¿Una compañera de tu padre? —preguntó la señora Wolff, en cuanto acabamos—. No me lo puedo creer.

—Ricki y Flor tienen razón —dijo Amanda—. No puede tratarse de nadie más.

—Ahora la cuestión es cómo vamos a acusarla —comentó el abuelo Tornillo—. No me fío de la bofia... de la policía. No nos creerían.

—Además, es demasiado peligroso —añadió Amanda—. Si acudimos a la policía, Lily podría enterarse y poner pies en polvorosa. No, no, tenemos que apañárnoslas solos. Ricki, ¿sabes dónde se va a celebrar esa fiesta?

—Sí, en el restaurante grande del lago —respondí—. Mejor dicho, en el jardín del restaurante. Papá me lo contó hace un par de semanas, cuando estuvimos allí tomándonos un helado.

Amanda asintió satisfecha.

—Supergaláctico. La pillaremos con las manos en la masa. Está bien que sea tan coqueta y soberbia. Cuando la entreguemos a la policía, llevará el botín colgado del cuello.

—¿En plena fiesta de la policía? —preguntó la señora Wolff, incrédula—. ¿Cómo lo vamos a hacer?

Amanda sonrió con picardía y acarició a Sister X en el cuello.

—Tengo un plan. Pero hay que conseguir las fotografías de las joyas, y necesitaremos invitaciones para la fiesta también.

—De las invitaciones me encargo yo —aseguró el abuelo Tornillo.

—¿Tú? —se asombró la señora Wolff—. ¿De dónde vas a sacar *tú* las invitaciones para la fiesta de la policía?

—No preguntes —contestó el abuelo Tornillo—. Cuanto menos sepas, mejor. Bueno, ¿cuántas invitaciones necesitamos?

—Hay que contar con que Lily tratará de huir en cuanto la acusemos —dijo Amanda—. Así que vamos a precisar de todos los hombres... y mujeres disponibles. Así que, tres para mi grupo de espiritismo, tres para sus amigos boxeadores y tres para nosotros. En total, nueve invitaciones.

—Seguro que llamaremos la atención —dijo la señora Wolff—. Al fin y al cabo, no somos policías. Y además, Lily Lassalle y el inspector Pauer nos conocen.

—Ya —sonrió Amanda, satisfecha—. Tal vez nos conozcan, pero no nos reconocerán porque usted nos maquillará, querida señora Wolff.

—Ajá, entiendo —contestó la señora Wolff, devolviéndole la sonrisa—. Pero ¿no deberíamos contarle antes al señor Kaminski lo que sabemos? Seguro que eso le tranquilizaría.

Amanda sacudió la cabeza.

—Mejor no. No sabemos si nuestro plan funcionará. Si algo saliese mal, la decepción sería aún mayor.

—Además, no conviene hablar de estos asuntos en la trena —opinó el abuelo Tornillo—. Como suele decirse, las paredes oyen.

No le pregunté cómo lo sabía.

—¿Y qué pasa con nosotras? —exclamé.

—Os quedaréis aquí —dijo inmediatamente la señora Wolff—. Y, por favor, ¡no más casualidades!

Amanda nos miró y se encogió de hombros, como diciendo que esta vez no iba a poder hacer nada. Lo que ella no sabía era que yo también tenía un plan. Decidí comunicárselo a mi amiga justo antes de llevarlo a cabo. Si no, del susto seguro que no pegaría ojo, o nos delataría nuestra propia impaciencia.

—Podréis venir mañana conmigo, cuando vaya a visitar a Eleonore de Hoppenstedt a su castillo —dijo Amanda.

—¿Para qué vamos a ir allí? —preguntó Flor.

—Ya lo veréis.

El castillo de la baronesa de Hoppenstedt estaba bastante lejos de la ciudad. Amanda no exageraba. Yo tenía la impresión de ser el personaje de una película. Cuando cruzamos la puerta de la verja y nos dirigíamos al castillo atravesando el parque, pensé que íbamos a visitar a la reina Isabel. A pesar de nuestras preguntas, Amanda no nos había revelado el motivo de su visita a Eleonore de Hoppenstedt. En la puerta principal, que era lo menos el doble de alta que la de Amanda, había una anilla de hierro con una cabeza de león. Amanda la cogió y aporreó la puerta con ella. La reverberación que produjo en el interior pudo oírse desde fuera. A oscuras y con tormenta, habría quedado bien en una película de vampiros. Poco después escuchamos unas pisadas y la puerta se abrió. Afortunadamente, no apareció ninguna cara macilenta con los ojos inyectados en sangre y dientes puntiagudos, sino un hombre bajito y gordito con frac.

—¡Hola, Charles!

—*Hello, Miss X. ¿How va you?* —preguntó el hombre bajito y gordito del frac, con una voz nasal, como si estuviese acatarrado.

—Muy bien, Charles. Gracias. Por favor, ¿podemos hablar con Eleonore?

—*¿Are you* citada?

—No, pero es muy importante.

Charles levantó una ceja.

—*Mylady* está tomando precisamente su *five o'clock tea.* No sé si debo molestarla.

—Entonces pregúnteselo —se impacientó Amanda.

Charles se dio la vuelta, sin decir una palabra, y se marchó arrastrando los pies y mirando despectivamente a Sister X.

—¿Es un mayordomo inglés? —preguntó Flor.

—¡No! —se rió Amanda—. En realidad se llama Karl y nació cerca de aquí. Siempre ha sido el criado de la familia. Pero le gustaría ser un mayordomo inglés. Por eso habla inglés. Solo que no le sale muy bien.

Unos instantes después, Charles reapareció.

—*Mylady* pasen, les ruega, por favor. He anunciado *you.*

El vestíbulo, por el cual nos condujo Charles, era por lo menos el doble de grande que nuestra casa. En las paredes había antiguas pinturas al óleo y del techo colgaban arañas de cristal, tan grandes como el abeto navideño de la plaza del mercado.

Aterrizamos, por fin, en una habitación aún más grande. Las estanterías llegaban hasta el techo, como si hubiesen tapizado toda la habitación con libros. Era la biblioteca de la familia.

Eleonore estaba sentada junto a una mesita en el centro de la habitación y sostenía una taza de té con los dedos estirados.

—¡Amanda! —exclamó—. Qué sorpresa tan agradable. También han venido tus jóvenes amigas...

—Ricki y Flor —añadí yo rápidamente.

—¡Sí, eso es! Sentaos conmigo. ¿Os apetece una tacita de té?

—Prepararé algo más de *tea, Mylady* —dijo Charles, cuando asentimos con la cabeza. Hizo una reverencia y desapareció.

—Bueno, ¿a qué se debe el honor de vuestra visita? —preguntó la baronesa de Hoppenstedt.

—¿Conoces a un tal Ernst Satt? —le preguntó Amanda, en lugar de contestar.

Eleonore frunció el ceño y removió su té, pensativa.

—Sí, ya me acuerdo. He coincidido con él una o dos veces en fiestas de beneficencia. Estuvo aquí en una ocasión. Es empresario... Un nuevo rico —dijo después de un rato, y arrugó la nariz.

—¡Ya suponía que le conocerías! —se alegró Amanda.

Eleonore la miró con gesto interrogante.

—¿Qué tenéis que ver con él?

—En realidad, nada —respondió Amanda—. Pero hace algún tiempo le robaron unas joyas. Y supongo que tendrá fotos de ellas. Nos hacen falta.

Nuevamente se fruncieron las aristocráticas cejas.

—¿Para qué las necesitáis?

Cuando Amanda terminó de resumirle la historia completa, Eleonore cogió una campanilla de la mesa y se puso a tocarla.

Casi inmediatamente, Charles se presentó en la biblioteca.

—¿*What* desea, *Mylady*?

—Charles, ¿te acuerdas de un tal Ernst Satt?

Al igual que su jefa, Charles arrugó la nariz.

—Oh, *yes*. *Very* nuevo rico, *isn't it*?

—¿Para cuándo necesitáis las fotos? —preguntó Eleonore a Amanda.

—Mañana por la noche, como muy tarde.

—Oh, si no recuerdo mal, me parece que vive a unos cientos de kilómetros de aquí. Espero conseguirlo.

—Lo harás, Eleonore.

La baronesa de Hoppenstedt carraspeó.

—Charles, debemos tener el número de teléfono de ese hombre en alguna parte. Por favor, llámale y dile que mañana voy a hacerle una visita.

Charles volvió a hacer una reverencia y desapareció.

La baronesa de Hoppenstedt nos sirvió el té.

—Espero tener suerte, querida.

—Seguro que sí. Siempre he confiado en ti, mi querida Eleonore —dijo Amanda, haciéndonos un guiño.

# XVI

EFECTIVAMENTE, EL ABUELO TORNILLO se mantuvo fiel a su palabra. A la mañana siguiente las nueve invitaciones para el festival de verano de la policía estaban encima de la mesa. Nadie preguntó de dónde las había sacado. En cualquier caso, parecían auténticas.

Entretanto, Amanda había reunido en su casa a todos los que debían ayudarnos: las mellizas Hedwig y Elsbeth y los amigos del club de boxeo del abuelo Tornillo: Walter, Willi y Günter.

Le tocó el turno de entrar en escena a la señora Wolff. Flor ya me había contado que su madre era una auténtica artista en lo tocante al maquillaje y a los disfraces, solo que a mí me costaba trabajo imaginármelo. Pero hasta que no se colocaron todos delante de Flor y de mí para que los contemplásemos, no me di cuenta de lo corta que se había quedado mi amiga.

De no haber sabido exactamente quiénes eran, no los habría reconocido. El abuelo Tornillo lucía barba y calva. Amanda parecía una cantante de ópera. Estaba el doble de gorda. La misma señora Wolff se había colocado dientes de caballo y pecas.

Como era poco probable que reconociesen a Hedwig y a Elsbeth en la fiesta, no era necesario que se disfrazasen. Pero ellas habían protestado. Así que la señora Wolff las transformó también. Los últimos de la cola fueron los amigos del abuelo Tornillo. A Günter y a Willi les habrían bastado como disfraz los elegantes trajes que les puso. Pero, al igual que a Walter, la señora Wolff les pegó unas barbas postizas y unas pelucas.

—Acordaos bien de lo que os he dicho antes —les recomendó Amanda, después de que todos se hubiesen admirado mutuamente y hubiesen dejado caer sobre la señora Wolff una auténtica lluvia de alabanzas—. No os sentéis a ninguna mesa y evitad las conversaciones. Podríais delataros fácilmente. Lo mejor será que os repartáis por la pista de baile y que no perdáis de vista a Lily Lassalle.

—¿Vamos a tener que bailar? —preguntó Willi con ojos espantados.

—Formaremos parejas —respondió Amanda—. Yo diría Günter con Hedwig, Elsbeth con Willi y, como no está Eleonore, Walter bailará con la señora Wolff. Bien, y para mí no queda más que uno.

El abuelo Tornillo se puso pálido cuando vio que Amanda le sonreía.

—¿No... no se referirá a mí? —balbuceó.

Amanda le dedicó una sonrisa más amplia aún y agitó las pestañas.

—¿A quién iba a referirme si no, *querido* abuelo Tornillo? Nos echaremos algún que otro bailecito, ¿verdad que sí?

El abuelo Tornillo debió de atragantarse con un pelo de su barba postiza, porque le dio un ataque de tos.

—¿Bailecito? —preguntó sofocado—. ¡Lo sabía!

Flor y yo nos quedamos junto a la ventana y observamos cómo Amanda y sus parejitas se subían a los taxis que había pedido por teléfono.

—Esta vez sí que me habría gustado ir —suspiró Flor—. Pero seguro que no nos dejan pasar.

—¿Quién dice que tengamos que hacerlo? —contesté yo, sin apartar la vista de la calle.

Flor me agarró del brazo y tiró de mí para que me diese la vuelta.

—¿Qué quieres decir?

—¡Ua! —exclamé, frotándome el brazo.

—Lo siento. No quería hacerte daño —dijo mi amiga, poniendo cara de perro apaleado—. ¿Vas a ir allí?

—Claro. Ya os dije que la fiesta se celebra en el jardín del restaurante. Justo al lado hay un aparcamiento, separado por una verja metálica del jardín. Lo vi cuando estuve allí comiendo helado con papá. Si nos escondemos junto a la verja, podríamos vigilar cómo va la fiesta.

El trayecto hasta el jardín del restaurante era bastante largo, al menos en bicicleta. Cuando llegamos al aparcamiento, la fiesta estaba ya en pleno apogeo. Afortunadamente, cerca de la verja había unos matorrales espesos, entre los cuales nos pudimos esconder bien y contemplar una buena parte del jardín.

La policía no había escatimado medios. Habían construido un escenario, sobre el cual se hallaba una banda que no dejaba de tocar y cantar. Delante de él, los policías se pisoteaban unos a otros sobre una gran pista de baile. Enseguida localizamos a nuestras parejitas. Mientras Günter, Walter y Willi llevaban, embelesados, a sus damas por la pista de baile, el abuelo Tornillo, como un pelele y con la cabeza como un tomate, trastabillaba por la pista con Amanda del brazo.

—Es como si estuviera en el *ring* —se rió Flor—. Espero que no se confunda y deje K. O. a Amanda.

Después de habernos divertido un rato a costa de Amanda y del abuelo Tornillo, nos pusimos a buscar a Lily Lassalle. No la veíamos.

—¿Habrá venido ya Eleonore? —me preguntó Flor en voz baja.

—Ni idea. Pero si no viene Lily, da igual que esté o no la baronesa.

Tendría que haberlo sabido, la verdad. Las mujeres como Lily Lassalle siempre llegan tarde. Así se aseguran de que todo el mundo se fije en ellas.

Al principio no le presté mucha atención al coche que había entrado en el aparcamiento. Pero entonces vi a Lily Lassalle dirigiéndose hacia nosotras. Flor y yo nos agachamos. Cuando pasó a nuestro lado, la examiné con detenimiento. ¡Lo había hecho! Los brillantes que llevaba alrededor del cuello, en las muñecas y en los dedos refulgían incluso en la oscuridad del aparcamiento.

En cuanto Lily Lassalle puso un pie en la fiesta, se produjo un fuerte alboroto. Unos instantes más tarde, ya la tenían cercada cinco hombres. Por lo visto estaban discutiendo quién iba a ser el primero que bailaría con ella. ¡Los chicos son imbéciles! Al parecer, eso tampoco cambia cuando se hacen mayores.

Al igual que nuestros amigos, Lily no desaprovechaba ninguna ocasión para bailar. Y cambiaba de pareja en cada canción, por supuesto. Las joyas brillaban de tal modo, que casi hacían falta unas gafas de sol. Pero a nadie parecían interesarle.

La fiesta estaba repleta de policías. ¿Es que a ninguno de ellos le parecía sospechoso que una joven agente llevase puestas unas joyas tan caras?

Por suerte, ni Amanda, ni el abuelo Tornillo, ni las otras dos parejas le quitaban la vista de encima. De eso nos dábamos perfecta cuenta desde nuestro escondite. Pero ¿por qué no la delataban? Solo había una explicación posible: Eleonore aún no había aparecido con las fotos.

Los policías bailaron todo lo que dieron de sí las suelas de sus zapatos, y cada vez era más tarde. El escondite que Flor y yo nos habíamos buscado estaba a buen resguardo de las miradas, pero no era precisamente cómodo. Las hormigas se paseaban sobre nosotras y al poco rato ya me dolían todos los huesos.

En algún momento, debía de ser ya medianoche —en cualquier caso, el abuelo Tornillo estaba al borde del agotamiento—, la orquesta tocó una pieza corta y un hombre se subió al escenario.

—Queridas compañeras, queridos compañeros, estimados invitados —retumbó su voz a través de los altavoces—. Ya se ha hecho bastante tarde. Pero antes de que nuestros músicos toquen la última pieza de baile, tenemos que elegir, como todos los años, a nuestra reina de la belleza.

—¿Último baile? —me susurró Flor—. Si no aparece Eleonore antes de que se acabe la fiesta, todo será inútil.

—Me da igual —le repliqué—. Retendré a Lily hasta que llegue Eleonore.

—Todos ustedes han rellenado sus papeletas —siguió diciendo el hombre del escenario—. Y ya se ha hecho el recuento. Parece que la elección ha sido más que unánime. Nuestra reina de la belleza de este año se llama... ¡Lily Lassalle!

Aplausos, música y focos sobre Lily. En aquellos momentos era difícil distinguir qué resplandecía más: los brillantes o el rostro de Lily.

Mientras se dirigía al escenario, Lily mostraba su satisfacción a cada paso que daba. Se le notaba en la cara. Pero yo sabía también que con cada paso se iba esfumando nuestra ocasión para atraparla. Acababa de expresar mi intención de retenerla, pero no tenía ni idea de cómo iba a hacerlo.

—¡Mira! —exclamó Flor de repente, dándome un codazo y señalando a Amanda.

En aquel momento estaba hablando con un camarero. Entonces se dio la vuelta y se marchó corriendo hacia la salida. Flor y yo nos pusimos de pie al mismo tiempo y corrimos a la entrada del restaurante. Llegamos justo a tiempo de ver un gran automóvil saliendo de allí a toda prisa.

—¿Será Eleonore? —preguntó Flor.

Yo ya me había vuelto en dirección a nuestro escondite.

—¡Lo sabremos enseguida! —le grité.

Cuando nos situamos de nuevo a observar el jardín del restaurante, Amanda ya se había subido al escenario. Llevaba un sobre en la mano.

—¡Son las fotos! —exclamó Flor.

Amanda le arrebató el micrófono de la mano al desconcertado presentador.

—¡Señoras y señores! —gritó al micrófono, con tal fuerza que este retumbó y se produjo un pitido.

—Mi nombre es Amanda X. Soy vidente, médium y espiritista..., y además soy la asistenta del inspector Kaminski, al que todos ustedes deben conocer. Está acusado de haber tomado parte hace un año en un robo en la mansión Satt, de la que fueron sustraídas unas joyas muy valiosas. Pero estas fotografías, señoras y señores —resopló en el micrófono—, demuestran que las joyas que luce hoy su compañera Lily Lassalle son precisamente aquellas joyas robadas. Comisario Beinlein, ¿me hace el favor de subir al escenario para comprobarlo?

Me fijé en que el abuelo Tornillo y los demás se apostaban frente al escenario. Trataban de evitar que Lily huyese. Pero no contaron con la curiosidad de los compañeros de la agente. Durante un par de segundos, todos se quedaron como petrificados. Luego se produjo un murmullo, primero suave, después cada vez más fuerte, hasta que por fin todos se pusieron a hablar y a marchar en dirección al escenario. Probablemente querían contemplar de cerca las fotos de Amanda o sencillamente sentían curiosidad por ver cómo reaccionaba Lily Lassalle. Nuestros amigos no pudieron evitar la aglomeración y los empujones. Inmediatamente, se vieron cercados por los curiosos.

Entretanto, Lily Lassalle se percató del peligro en el que se hallaba y de que tendría que aprovechar aquel barullo para escabullirse. Saltó del escenario, se abrió paso bruscamente entre sus colegas y corrió hacia la verja.

—¡El coche! —grité, olvidando toda precaución—. ¡Tiene el coche en el aparcamiento! ¡Seguro que va a cogerlo para largarse!

—¿Por qué no la retienen? —exclamó Flor, desconcertada.

Vi cómo el abuelo Tornillo y los demás trataban de acercarse a Lily. Pero la multitud se lo impedía. Un par de pasos más y Lily estaría ya en la verja. ¡No podía consentir que se escapase!

Me levanté de un salto y corrí como alma que lleva el diablo, sin contar con Flor. Tenía que adelantarme a Lily y retenerla de algún modo.

Los policías están bien entrenados. Y Lily Lassalle también. Dando un brinco, con su vestido corto, saltó por encima de la verja, a pocos metros de distancia de su coche. ¡Yo no podría conseguirlo! Pero entonces ella se puso a rebuscar en su bolso. ¡La llave del coche! Tal vez no la encontrase... No, ya la estaba metiendo en la cerradura. Abrió la puerta de golpe, dispuesta a entrar. Entonces se oyó un tintineo: ¡Se le había caído la llave al suelo! Tres pasos más, llegué al coche. La llave estaba a sus pies. Me precipité sobre ella con un salto como el que me había proporcionado un diploma en una competición deportiva. Ya la tenía en la mano cuando Lily me agarró por el hombro.

—¡Que te lo has creído, pequeña sabandija! —exclamó, furiosa, y me empujó contra su coche—. ¡Voy a enseñarte cómo me las gasto yo!

Contemplé impotente cómo se preparaba para pegarme. Supuse que me destrozaría el tabique nasal cuando de pronto me percaté de una sombra y vi un par de Flores a mi lado.

El derechazo de mi amiga acertó de plano en la barbilla de Lily Lassalle. Su rostro se desfiguró con una mueca, que me recordó de algún modo a Sister X. La agente se tambaleó sobre su coche, y cayó al suelo deslizándose lentamente.

Aparte de una excursión escolar, durante la cual creí morir de morriña, nunca había estado más de un día separada de mi padre. La impaciencia me consumía mientras le aguardaba delante de la cárcel en compañía de Flor, Amanda, la señora Wolff y el abuelo Tornillo. Me habría encantado dar brincos como una niña pequeña.

Me había llevado el periódico. En él había otra noticia que hacía referencia a mi padre. Pero esta vez me habría gustado leérsela en voz alta a todos los viandantes. Lily había confesado el robo y aquella misma noche habían arrestado a sus cómplices de *El Ancla Dorada.* Aquello demostraba la inocencia de papá y nos convertía a nosotros en héroes. Todo ello ocupaba una plana completa del periódico. Éramos la comidilla de la ciudad.

Cuando por fin apareció papá, me quedé un poco asustada. Había perdido peso y tenía la cara blanca como la cal, a pesar de no haber pasado más que un par de días en la cárcel. Aunque las artes culinarias de Amanda seguro que conseguirían resucitarlo bien pronto. Tras la primera ronda de saludos, papá me cogió de la mano y me apartó de los demás.

—Gracias, tesoro —dijo en voz baja—. Estoy muy orgulloso de ti.

Por el rabillo de su ojo izquierdo apareció de pronto una lagrimita, pero inmediatamente se la frotó con la mano. Después de eso se acabó nuestra intimidad. Los demás se precipitaron sobre él y se pusieron a hablar todos al mismo tiempo.

—¡Ahora nos marcharemos a casa y celebraremos una fiesta supergaláctica! —exclamó Amanda, dando por finalizada la cháchara.

Eleonore nos había prestado su Rolls-Royce e incluso permitió que el abuelo Tornillo lo condujese. No obstante, tuvo que hacerle prometer que no intentaría repararlo.

—¡Qué coche tan bonito! —se alegró papá—. ¿Todo esto es por mí?

Ya había puesto un pie en el lujoso coche cuando Amanda lo retuvo.

—¡No, no, señor Kaminski! ¡Para celebrar este día puede usted venir conmigo y con Sister X!

Papá siguió con la vista el brazo extendido de Amanda. Cuando descubrió a Bubi se sobrecogió. Aunque tal vez la causa fuese Sister X, quien estaba sentada en el sidecar mirando fijamente a través de sus gafas de sol.

—¿Tengo que viajar *en eso*?

—¡Sí! —exclamó Amanda, radiante—. ¡Incluso he lavado a Bubi! ¡Solo para usted!

—Es muy amable de su parte —dijo él, un poco inseguro, mientras Amanda le encasquetaba el casco.

Nosotros nos fuimos, detrás de Bubi, en el coche de Eleonore, que, por cierto, era precioso. Papá no dejaba de mirar a Sister X. Supongo que temía que le fuera a morder.

Cuando nos detuvimos frente a la casa de Amanda, su alivio era evidente. Pero en cuanto se bajó, los fotógrafos y periodistas se abalanzaron sobre él. ¡Igual que si hubiese aparecido Michael Jackson!

Con nosotros no se quedaron más que una periodista y dos fotógrafos, pero nos hicieron un montón de fotos.

La periodista se dirigió después a donde estaba papá.

—¿Qué tal se encuentra tras su puesta en libertad, señor Kaminski?

—Bien —respondió él.

—¿Y a qué se dedicará usted ahora?

—No... aún no lo sé muy bien.

—¿De qué está hablando usted, señor Kaminski? —se inmiscuyó Amanda e hizo señas a la periodista para que se acercase a ella.

—Venga acá, jovencita. ¿Tiene algo para escribir?

—Ejem... sí, claro.

Entonces escriba: El señor Kaminski y la señora Wolff, quien por cierto está ahí enfrente, van a trabajar como detectives privados.

—Ajá —dijo la periodista.

—Van a ser mis socios. Por cierto, soy vidente, médium y espiritista. ¿Lo ha cogido? Es-pi-ri-tis-ta.

—Sí... Es... interesante.

—Y la oveja que acaba de pasar..., me refiero a la oveja con las gafas de sol: es extraterrestre. Mi médium. Apunte eso también.

—¿Extraterrestre? —exclamó la periodista. Pero Amanda ya había desaparecido tras Sister X por el pasillo de la casa.

—La comida tardará un poco todavía —dijo Amanda cuando entramos en su vivienda—. Podéis ir a la biblioteca y tomar un aperitivo. A mí podéis servirme un licorcito de almendras.

Para festejar el día, todos los adultos se sirvieron un vaso de la bebida favorita de Amanda. Incluso a nosotras nos dejaron tomar un sorbito. Aún teníamos los vasos en la mano cuando llamaron a la puerta.

—¡La puerta está abierta! —gritó Amanda.

—¿Hola? —oímos que decía una voz—. ¿Hay alguien aquí?

—Pero si es... —dijo papá, y salió corriendo al recibidor. Los demás le seguimos.

Cuando llegué al recibidor, me di cuenta del motivo por el que papá se había ido con tanta prisa. El comisario Beinlein estaba en el pasillo, y se había traído al inspector Pauer. Ninguno de ellos podía disimular su mala conciencia. Pauer llevaba incluso un ramo de flores en la mano.

—¿Qué desean? —preguntó papá con frialdad.

—Supongo que no le apetecerá demasiado hablar con nosotros, señor Kaminski —comenzó a decir su antiguo jefe.

—Digámoslo así.

—Nos lo imaginábamos. Por eso, en cuanto ha salido usted, hemos venido para presentarle nuestras disculpas, ¿verdad, señor Pauer?

El comisario le dio un codazo al inspector Pauer, quien sin decir nada no cesaba de mirar alternativamente a Amanda, que llevaba en brazos a Penélope, y a Sister X.

—¿Verdad, señor Pauer?

—Sí. Disculpe.

—Aún no sé si debo aceptar sus disculpas —dijo papá.

—Lo comprendo, señor Kaminski —aseguró el señor Beinlein con tono meloso—. Tómese su tiempo para recuperarse. Y después, querido colega, nos alegraría mucho que volviese con nosotros. Vamos a olvidar todo este estúpido incidente. ¿Verdad, señor Pauer?

—Sí. Nos alegraremos mucho.

—En señal de reconciliación le hemos traído un ramo de flores. ¡Señor Pauer!

El inspector Pauer se sobrepuso y entregó el ramo de flores a papá.

—Vaya pensándolo y vuelva cuando usted quiera, querido colega —dijo Beinlein—. Y ahora disfrute de la fiesta.

—Lo haré —asintió mi padre tras ellos, cuando ya se marchaban escaleras abajo.

Luego se quedó un rato parado junto a la puerta, contemplando las escaleras, antes de volver con nosotros.

—¿Ya no te apetece montar una agencia de detectives con la señora Wolff? ¿Vas a volver a la policía? —le pregunté por fin.

Papá me miró primero a mí y después al ramo de flores. Luego arrojó el ramo dentro de la papelera. Inmediatamente, Sister X comenzó a mordisquearlo.

*Si te ha gustado este libro, también te gustarán:*

*Internet y salchichas al curry,* de Joachim Friedrich
El Navegante (Humor), núm. 4

Comienza el curso: nuevas asignaturas, proyectos y... Jenny, una alumna que revoluciona la tranquila vida de Kathrin, Chris y Philipp. Además, este año los alumnos van a utilizar Internet para hacer los deberes de física.

*Svenia se ha enamorado,* de Christian Bieniek
El Navegante (Humor), núm. 5

Aunque Svenia tiene ya doce años, es tan baja que todos la llaman Pulga. Si tuviera unas deportivas con una suela gruesa... Pero sus padres se niegan a comprárselas. ¿Cómo podría conseguir el dinero? Por eso, acepta encantada trabajar de detective. Claro que tiene que espiar a todo el mundo.

*Un corte de pelo y una sonrisa,* de Carlos Puerto
El Navegante (Humor), núm. 6

Paula tiene un padre al que apenas ve, siempre enganchado del móvil y de los negocios. Y como, a pesar de todo, le cae simpático, la chica quiere arreglarle la vida lo antes posible. Resulta muy evidente que lo que necesita es compañía.

## Títulos publicados

### Fantasía

1. Camaleones *Kate Thomson*
2. La colina de Belin *Catherine Fisher*
3. El hijo de la Hechicera *Catherine Fisher*
4. La criatura de las tinieblas *Catherine Fisher*
5. El caballero que quería volar *Andrés Llamas*
6. Ladrones de almas *Catherine Fisher*
7. El jardín de medianoche *Philippa Pierce*
8. Crónicas de Istandar *César González Liébana*
9. El ganador afortunado *Hubert Ben Kemoun*
10. El violinista con alma de cera *Catherine Fisher*
11. El valle de los lobos *Laura Gallego García*

### Humor

1. Caralampio Pérez *Juan Muñoz Martín*
2. Mi casa parece un zoo *José María Plaza*
3. El inspector de mentiras *Fernando Pulin*
4. Internet y salchichas al curry *Joachim Friedrich*
5. Svenia se ha enamorado *Christian Bieniek*
6. Un corte de pelo y una sonrisa *Carlos Puerto*
7. El laboratorio del doctor Nogueira *Agustín Fernández Paz*
8. Algas *Linda Aronson*
9. El casi caso del jefe de seguridad y su enorme acompañante *Fernando Pulin*
10. La ciudad de las esfinges *Jaime Alfonso Sandoval*
11. Vacaciones en el cementerio *Domenica Luciani*

### Novela histórica

1. Los gavilanes rojos *Lola Gándara*
2. Simonetta, siena y oro *Asún Balzola*
3. Mi país bajo el agua *Jean-Côme Noguès*
4. El yugo de los tártaros *César Vidal*

# Títulos publicados

## Misterio

1. Cartas de invierno *Agustín Fernández Paz*
2. Voces de la nada *André Minninger*
3. La tumba vacía *André Marx*
4. Amsterdam Solitaire *Fernando Lalana*
5. ¿Quién acecha los sueños? *Sue Welford*
6. Un cadáver en el sótano *Norah McClintock*
7. Pistas del diablo *Ben Nevis*
8. Doble asesinato en la abadía *Jacqueline Mirande*
9. Noche de angustia *André Marx*
10. Escrito sobre la piel *Fernando Lalana y José María Almárcegui*

## Ciencia ficción

1. Las voces del futuro *Jordi Sierra i Fabra*
2. El factor fusión *Carol Matas*
3. Viaje a Zanu *Carol Matas*
4. Yo, y nadie más *Carol Matas*
5. La ciudad de las estrellas *Sue Welford*
6. Experimento Hex *Rhiannon Lassiter*
7. Nox perpetua *Javier Negrete*
8. El asesino temporal *Pedro López Murcia*
9. Los últimos de la tierra *Marilyn Kaye*
10. Lior *Núria Pradas*
11. Hex: sombras *Rhiannon Lassiter*

M